Ernesto Cardenal

Mit Liebe füllen diesen blauen Planeten

P H
V

Ernesto Cardenal

Mit Liebe füllen diesen blauen Planeten

Gedichte

Aus dem Spanischen von
Elisabeth Wirth de Argüello, Stefan Baciu,
Anneliese Schwarzer, Sabine Richter,
Heinz G. Schmidt und Lutz Kliche

PETER HAMMER VERLAG

Lieferbare Werke von Ernesto Cardenal:
Das Buch von der Liebe (mit Fotos),
Das Evangelium der Bauern von Solentiname,
Teleskop in dunkler Nacht (1994, zweisprachig),
Gesänge des Universums/Cántico Cósmico (1995),
Verlorenes Leben (Erinnerungen, Band 1, 1998).

Die Deutsche Bibliothek - CIP-Einheitsaufnahme

Cardenal, Ernesto:
Mit Liebe füllen diesen blauen Planeten : Gedichte / Ernesto Cardenal. Aus dem Span. von Elisabeth Wirth de Argüello ... - Wuppertal : Hammer, 1998
ISBN 3-87294-804-0

Umschlaggestaltung: Wolf Erlbruch
Druck und Bindung: Westermann Druck Zwickau GmbH

Zu dieser Sammlung

Vor mehr als 30 Jahren erschien in deutscher Sprache Ernesto Cardenals weltberühmte Psalmennachdichtung unter dem Titel »Zerschneide den Stacheldraht«. Seit dieser Veröffentlichung und seit Cardenals erster Lese- und Vortragsreise gehört der Priester und Revolutionär in den deutschsprachigen Ländern zu den bekanntesten Dichtern unserer Zeit; eine moralische und poetische Autorität von unvergleichlichem Rang. 1980 erhielt er den Friedenspreis des Deutschen Buchhandels.
Der Peter Hammer Verlag veröffentlichte sein Gesamtwerk, zuletzt (1998) den ersten Band seiner langerwarteten Lebenserinnerungen unter dem Titel »Verlorenes Leben« (Band zwei wird voraussichtlich 1999 erscheinen).

Mit der vorliegenden Auswahl aus seinem poetischen Werk will der Verlag einen Überblick über das Schaffen Cardenals bis zur Gegenwart ermöglichen. Das Buch ist gleichzeitig eine Einladung an die junge Generation, einen Autor kennenzulernen, der wie kaum ein anderer als Kämpfer gegen jegliche Unterdrückung und als Stimme der Entrechteten Einfluß in aller Welt gewann.

Peter Hammer Verlag

Drake an den Küsten Nicaraguas

Realejo, 16. April 1579

Ich verließ den Hafen von Acapulco am 23. März
und segelte ruhig voran bis Samstag, den 4. April
und eine halbe Stunde vor Sonnenaufgang
noch bei Mondschein sahen wir, daß ein Schiff neben dem unsrigen lag
mit Segeln und einem Bug wie aus Silber
und unser Steuermann schrie, sie sollten Platz machen
aber sie antworteten nicht, als ob sie schliefen.
Und wieder riefen unsere Männer: Woher das Schiff käme!
und sie sagten von Peru, und es wäre Miguel Angel
und dann hörten wir Trompetenschall und Büchsenknallen
und sie forderten mich auf, in sein Boot zu steigen
und zum Kapitän hinüberzukommen.
Ich traf ihn beim Spaziergang an Deck
und ich trat näher und küßte seine Hände, und er sagte zu mir
»Was für Silber oder Gold hat dieses Schiff geladen?«
Und ich erwiderte. »Überhaupt keins.«
»Überhaupt keins, Herr, außer meinen Tellern und
meinen Bechern.«
Später fragte er mich, ob ich den Vizekönig kenne,
und ich entgegnete, daß ich ihn kennen würde. Und ich meinerseits
fragte den Kapitän:
Ob er der nämliche Kapitän Drake sei oder nicht?
Und der Kapitän:
– ja, er sei der nämliche Drake, den ich meinte.
Wir unterhielten uns lange, bis die Stunde des Mittagsmahles kam
und Drake forderte mich auf, an seiner Seite Platz zu nehmen.
Seine Teller und Pokale sind aus reinem Silber mit Rändern aus Gold
und er hat auf ihnen seine Wappen eingraviert.
Er besitzt unzählige Parfums und Duftwasser in Kristallkaraffen
von denen er bemerkte, es seien Geschenke der Königin.

Mittags und abends speist er immer in Begleitung von Kontrabaß-Musik
und er hat auch Maler an Bord, die ihm die Küste in Bildern festhalten.
Er ist ein Mann von ungefähr vierundzwanzig Jahren, klein, blondbärtig,
ein Neffe des Juan Aquines
und einer der besten Seeleute, die es auf dem Meer gibt.
Am darauffolgenden Tag, einem Sonntag, kleidete er sich mit
großem Luxus
und er befahl, alle Flaggen zu hissen
und die bunten Wimpel auf die Mastkörbe zu setzen.
Und die kupfernen Ringe und Ketten und die mit Blumen
bemalte Reling
und die Laternen auf der Brüstung
leuchteten wie Gold.
Das Schiff glich einem goldenen See-Drachen inmitten
der Delphine.
Und wir gingen mit dem Pagen auf mein Schiff, um den Inhalt
der Truhen anzusehen.
Was er mir wegnahm, war nicht viel,
ein paar Kindereien,
und er ließ mir dafür einen Krummsäbel und eine Armschleuder
aus Silber
und meinte, ich solle es ihm nicht übelnehmen
er habe die Sachen für seine Frau mitgenommen,
und daß ich am frühen Morgen, wenn der Wind drehe, die Fahrt
fortsetzen könne
und ich brachte dafür meinen Dank zum Ausdruck
und küßte seine Hände.
Er hatte auf seiner Galeone dreitausend Barren Silber geladen
und drei Schatullen voll Gold
und zwölf Truhen mit Achter-Münzen,
und er sagte, sie seien unterwegs nach China,
mit Seekarten und einem chinesischen Steuermann, den sie
gefangen hätten …

Filmstar, tot aufgefunden in der Park Avenue

Mich weckte das Gewitter
wie Umzugslärm und Möbelrücken in einem oberen Stockwerk
und danach wie tausende von Radios
oder Untergrundbahnen oder Bombengeschwader
und es war wie wenn alle Blitze der Welt
auf die Blitzableiter der Wolkenkratzer von New York niederkämen
und von der Kathedrale St. John the Divine
zum Gebäude der Times liefen
Sprich Du nicht zu uns. Sprich Du nicht zu uns,
wir würden sterben
vom Woolworthturm bis zum Gebäude der Chrysler
die Wolkenkratzer erhellend wie Fotografen
Moses soll sprechen
Sprich du nicht zu uns, wir würden sterben.
»Der Tod muß gestern nacht gegen 3 Uhr eingetreten sein«
stand später in der New York Times.
Ich war um die Zeit wach. Mich weckte das Gewitter.
Der Himmel bestimt mit Apartements und Badezimmern:
die Lichter legitimer und illegitimer Liebespaare
und derer die beten oder einen Safe knacken
oder ein Mädchen vergewaltigen bei dröhnender Radiomusik
oder masturbieren oder nicht schlafen können
und derer die sich gerade ausziehen (und die Vorhänge zuziehen).
Und der Lärm der Hochbahnen von der 3. Avenue
und die Züge, die in der 125. Straße aus der Erde kommen
und von neuem untertauchen,
ein Autobus, der an einer Ecke hält und wieder anfährt
(im Regen), vielleicht der Schrei einer Frau im Park
und das Heulen der Krankenwagen in verödeten Straßen
oder die roten Feuerwehrleute, von denen wir nicht wissen, ob sie
unsere Hausnummer suchen

» … Ihr Körper wurde gefunden von Max Hilton, dem Künstler,
der bei der Polizei aussagte, er habe sie auf dem Fußboden des
Badezimmers entdeckt
das Muster des Bodens eingedrückt in ihre nasse Wange
und in der Hand noch ein Fläschchen mit weißen Pillen
und in der Wohnung ein Radio auf voller Lautstärke
ohne Sender.«

Auf dem nassen Weg

Auf dem nassen Weg, auf dem die Mädchen mit ihren Krügen
kommen und gehen,
　　　　– in den Fels sind Stufen gehauen,
hängen wie Haarsträhnen oder wie Schlangen
die Lianen der Bäume.
Und etwas wie Aberglaube schwebt über allem.
Und unten:
　　　　der zitronengrüne Kratersee
　　　　wie Jade geschliffen.
Rufe tönen vom Wasser herauf
und das Geplätscher der erdfarbenen Körper im Wasser.
　　　　Etwas wie Aberglaube …
Die Mädchen kamen und gingen mit ihren Krügen,
ein uraltes Liebeslied auf ihren Lippen.
Sie stiegen empor, aufrecht wie Statuen,
unter ihren kühlen roten bemalten Amphoren
　　　　　　die frischen Körper wie Amphoren.
Und sie liefen hinunter,
　　　　springend und huschend wie Rehe,
und im Wind öffneten sich ihre Röcke wie Blüten.

Ein Reisender des xix. Jahrhunderts auf dem Rio San Juan

Lautlos glitt der Einbaum über den Fluß,
sich schlängelnd um Seerosen und Schilf
        (und der Fluß so breit wie die Seine gegenüber dem Louvre).
Schon sang kein Vogel mehr
und alles war Stille, endloses Grün und Einsamkeit ohne Widerhall.
Gegen sechs Uhr brach die Nacht herein ohne Sonnenuntergang.
Man hörte nur die Schläge der Ruder auf dem Wasser …
Und Schatten legten sich auf meinen Geist,
                                                        und ich schlief ein.

Als ich wieder aufwachte, lag das Boot reglos in der Dunkelheit.
Es war an einem Baumstamm festgebunden.
Tausende von Leuchtkäfern im schwarzen Laub
und hinten am schwarzen Himmel
                    das Kreuz des Südens …

Und ein Geräusch in der Luft.
vielleicht der Schrei eines unbekannten Vogels,
erwidert von weitem durch einen ähnlichen Schrei.

Sarapiquí!
Das Wasser so klar,
daß man es nicht sah.
Zwei grüne Ufer
            und die Ufer im Gegenbild.
Blauer Himmel oben
                    und Himmel unten.
        Und das Wasser selbst, unsichtbar.

Ein weißes Landhaus mit grünen Veranden sprang zwischen den
Bananenstauden hervor
und ein dreieckiges Segel, geflickt und schmutzig,
flatterte in Erwartung, schon aufgebläht von der Brise,
neben den Stufen, die ans Wasser hinabführten.
Eine weißgekleidete Frau
strich über die Veranda, bemerkte uns einen Augenblick
und verschwand zwischen den Bananenstauden …

Greytown

Greytown! Greytown!
Amerikaner, Deutsche, Iren,
Franzosen, Mulatten, Chinesen, Spanier
kamen, trafen sich hier und gingen wieder.
What's the news from New York? New Orleans? Havanna?
Sie bezahlten Guavenbirnen mit Mark, eine Flasche Rum
mit Dollars, Francs, Pfund Sterling.
                    Any new anextion?
Und durch die Lichtstrahlen des Laubwerks,
            entfernte sich der »Daniel Webster« …

Edwards E. Brand aus Kentucky war der letzte Nordamerikaner,
der in Greytown blieb und den Kanal abwartete.
Er hat sein ganzes Leben gewartet. Und er lebte ein volles Jahrhundert.
Immer trug er Überrock, Weste, Krawatte und Pittahanfhut.
Während der letzten Jahre gaben ihm die Einwohner zu essen,
er hatte keine Schuhe mehr und ging barfuß,
immer aber im Überrock, mit Weste, Krawatte und Pittahanfhut.

Greytown! Greytown! Graue Stadt.
Jetzt gibt es nur grauen Sand und graues Meer unter dem
                                                            grauen Himmel.

Alte Schiffsrümpfe am trockenen Strand.
Hütten aus trockenem Stroh unter trockenen Kokospalmen.
Sonne über trockenen Salzhügeln. Salz von aschener Farbe.
Flache Salzhügel. Flacher Strand. Und flaches Meer.
Alles so feucht. Alles so unfruchtbar. Alles so grün.
Ein verrostetes Baggerschiff am Ufer des Meers.
Eine Fregatte im Heu
            mit Lianenseilen angebunden.

Auf dem King Georg Platz weiden die Kühe.
Ein Jahrhundert der Verwüstung verging wie ein langsamer Sturmwind.

Nachts bellt das schmutzige Meer wie ein Hund,
wühlt zwischen Knochen, trockenen Ästen, Büchsen und Flaschen.
Der Wind vom Meer spült warmen Sand
über trockene Hölzer auf die fast begrabenen
zerfressenen Schienen, auf die alten leeren Waggons,
auf das alte verlassene Zollamt aus verrostetem Blech.
Und plötzlich scheint sich ein Schiff mit seinen Masten
durch den Urwald den Weg zu bahnen.
Auf der Grünstraße heult ein Affe unter dem Mond.
Auf dem Strand glänzen Berge von Flaschen …

Erinnerung

Vor vielen Jahren in Virginia oder Alabama, sah ich
vorn Bus aus
ein rosiges Mädchen, mit blauen Hosen,
oben auf der Leiter, beim Pflücken von Äpfeln
(die Mutter rief von drinnen)
und ein anderes Mädchen, die Schwester, blaue Hosen
weißelte den Laubengang des Hauses.
– Und sie schauten zum Bus hinüber, der vorbeifuhr
und beschleunigte.
Die Zeit ist verstrichen wie jener Bus von der Greyhound
und doch sind, trotz der Jahre, noch frisch der Anstrich
am Laubengang
der tropfende Pinsel
die Hand am Apfel, die Blicke
vor Jahren, ein Vormittag, Virginia oder Alabama
ich vergaß wo.

Triumphmarsch

Da kommt der General
                    da kommt der General
geritten auf seinem weißen Pferd, umringt
von Soldaten und Leibgarde und Abgeordneten und besoffenen Huren
        reitet er durch den Triumphbogen
aus Pappe
            Hoch lebe die liberale Partei!
es glitzern auf seiner breiten schweißbedeckten Brust
die kackebraunen Orden. Feuerwerkskörper
explodieren. Eine Militärkapelle spielt.
        Hoch lebe der General Somoza! Er lächelt
unsicher umherblickend nach allen Seiten. Die Hufe
des Pferdes gleiten auf dem Erbrochenen der Betrunkenen aus
        Hoch lebe die liberale nationalistische Partei!

Die Stadt Rama

Die Straßen von Rama sind grün
und auf ihnen spazieren nur die Hühner
                    – die Menschen gehen über Brücken –
und die Fußwege auf Pfählen sind Landestege.
Bootswracks liegen in den Straßen.
Chinesische Läden aus faulen Brettern
und hinter den Brotbäumen
das blecheme Glockenwerk vom
Missionskirchlein der Kapuziner
              als wäre es aus Silber
                    und über der Kommandantur
die blau-weiße Flagge von Nicaragua.

Und unten
teilt ein Kanu die grünen Wasser des Rama-Flusses.

Die Freibeuter

Es gab Lumpen unter ihnen, Spieler, Gauner, Revolverhelden.
Aber es gab auch Männer mit Charakter, ehrbar, vornehm und tapfer.
Angeworben, weil die Not sie trieb oder die Illusion:
Einer saß eines Morgens am Kai ohne Arbeit
und es kam ein Unterhändler von Walker, der bot ihm eine Gratisfahrt
nach Nicaragua
– Wohin es keine Rückfahrkarte gab.
Oder sie kamen für siebzig Hektar Land von Zentralamerika
(um sie zu verkaufen) und fünfundzwanzig Dollar pro Monat,
und sie kämpften für nichts pro Monat und eineinhalb
Quadratmeter Land.
Andere waren auf der Suche nach Ruhm: ein Name,
der in die Geschichtsbücher eingehen sollte.
Und ihre Namen gerieten in Vergessenheit,
zwischen Garnisonsverschlägen, aus denen man Latten riß für ihre Särge
und der Sergeant, betrunken, Schweine, Exkremente;
oder in jenen Hospitälern aus Mango-, Kokos– und Mandelbäumen
wo sie im Fieber von Elstern und Brüllaffen phantasierten
mit Schüttelfrost in den Gliedern vom Seewind.
Und der hatte ein glücklicheres Los, der in der Schlacht fiel
oder bei einem nächtlichen Hinterhalt ums Leben kam, auf Wegen
unheimlich wie ein Traum,
oder der einen Unfall oder sonst einen unnatürlichen Tod erlitt.
Und sie brachte immer mehr
und noch mehr Freibeuter
nach San Juan del Sur
und San Juan del Norte,
die »Transit-Gesellschaft«
wie die Fähre Charons.
Vanderbilt und Morgan wußten genau, wo wir landen würden
(fast alle fanden den Tod)
und sie machten sich daran, in Nicaragua die Leichen zu plündern.

EPIGRAMME

Dir, Claudia, gebe ich diese Verse, weil du ihre Herrin bist.
Ich habe einfache Verse geschrieben, damit du sie verstehst.
Nur für dich sind sie, doch wenn sie dich nicht interessieren,
werden sie eines Tages vielleicht in ganz Spanischamerika verbreitet …
Und wenn du auch die Liebe verachtest, die mir diese Zeilen diktierte,
so werden andere von dieser Liebe träumen, für die
sie nicht bestimmt war.
Und vielleicht siehst du dann, Claudia, wie diese Verse
(geschrieben, um dich zu erobern) Küsse wecken
in anderen verliebten Paaren, die sie lesen,
die Küsse, die der Dichter in dir nicht weckte.

Gib acht, Claudia, wenn du bei mir bist,
weil die kleinste Geste, jedes Wort, ein Seufzer
von Claudia, die kleinste Unachtsamkeit
vielleicht eines Tages von Gelehrten geprüft wird,
und durch die Jahrhunderte wird man von Claudias Tanz wissen.

Hüte dich, Claudia.

*

Nichts wird bleiben für die, die uns folgen,
von diesen Kinos, Claudia, von diesen Festen
von diesen Pferderennen,
nur die Gedichte des Ernesto Cardenal für Claudia
(wenn überhaupt)
und Claudias Name, den ich in diese Verse bannte,
und die meiner Rivalen, wenn ich mich entschließe,
sie aus dem Vergessen zu entreißen und auch sie in meine Verse
einzuschließen, um sie zum Gespött zu machen.

Andere mögen viel Geld verdienen,
doch ich habe dieses Geld geopfert,
um dir diese Lieder zu schreiben
oder einer anderen, die ich statt deiner besinge
oder niemandem.

*

Als ich dich verlor, haben wir beide verloren:
ich, weil du warst, was ich am meisten liebte,
und du, weil ich es war, der dich am meisten liebte.
Doch von uns beiden verlierst du mehr als ich:
weil ich andere lieben kann, wie ich dich liebte,
aber dich wird niemand so lieben wie ich.

*

Ihr Mädchen, die ihr eines Tages bewegt diese Verse lest
und von einem Dichter träumt,
sollt wissen, daß ich sie schrieb für eine wie ihr,
doch es war umsonst.

Sie sagten mir, daß du einen anderen liebst,
da ging ich in mein Zimmer
und schrieb den Artikel gegen die Regierung,
für den ich jetzt im Gefängnis bin.

*

Man hat sie verkauft an Kelly & Martínez GmbH und Co.,
und viele werden Geschenke aus Silber schicken,
und andere schicken versilberte Geschenke,
und ihr ehemaliger Geliebter schickt ihr dies Epigramm.

*

Die du so stolz bist auf meine Verse,
aber nicht, weil ich es war, der sie schrieb,
sondern weil du sie inspiriertest,
obwohl sie gegen dich waren:

Du hättest bessere Gedichte inspirieren können.
Du hättest bessere Gedichte inspirieren können.

Ich habe Flugblätter verteilt,
hab geschrien: Es lebe die Freiheit! auf offener Straße,
hab die bewaffnete Guardia provoziert.
Ich war bei der Aprilrebellion dabei:
doch ich erbleiche, wenn ich an deinem Haus vorbeigeh',
und schon dein Blick macht mich zittern.

*

Ich mache Properzius nach

Nicht singe ich die Verteidigung Stalingrads
noch den Feldzug Ägyptens
noch die Landung auf Sizilien
noch die Überquerung des Rheins durch General Eisenhower:

Ich singe die Eroberung eines Mädchens.

Nicht mit Schmuck vom Juwelier Morlock
noch mit Parfums von Dreyfus
noch mit Orchideen in einer Plastikschachtel
noch mit einem Cadillac
allein mit meinen Gedichten eroberte ich sie.

Und sie zieht mich vor, auch wenn ich arm bin, vor
    all den Millionen Somozas.

Zwanzig Jahre hast du gearbeitet
für zwanzig Millionen Pesos.
Wir würden zwanzig Millionen geben,
um nicht so zu arbeiten wie du.

*

Du verdienst nicht einmal ein Epigramm.

*

Unsere Liebe erblühte im Mai mit den Malinchebäumen
– dann nämlich blühen die Malinches in Managua –.
Und nur diesen Monat blühen sie: später bleiben die häßlichen Schoten.
Doch die Malinches werden im Mai wieder erblühen
nur die Liebe, die verging, kehrt nicht mehr zurück.

Herrin meines Sinnens lange Jahre hindurch,
und darauf lange Jahre Herrin meiner Träume,
weißes Frauengespenst der Nacht, Aussatz, Eule, Mond:
Seit vielen Jahren träume ich nun schon nicht mehr von dir!

*

Man hörte Schüsse in der Nacht.
Man hörte sie vom Friedhof her.
Niemand weiß, wer umgebracht wurde.
Niemand weiß etwas.
Man hörte Schüsse in der Nacht.
Das ist alles.

*

Wenn du in New York bist
gibt es sonst niemanden in New York
und wenn du nicht in New York bist
gibt es niemanden in New York.

Abends aber

Abends aber issest du deinen Reis und deine gebackenen Bohnen
mit frischem Joghurt und einem heißen Maisbrot
oder auch mit gerösteten Bananen
    ohne Leibwächter issest du es.
Und deine Tasse Kakao mit Mais kostet kein Adjutant zuvor.
Und du spielst, wenn du willst, ein Volkslied auf deiner Gitarre
und du schläfst – doch nicht von Scheinwerfern, Stacheldrähten,
Wachttürmen umgeben.

*

Gestern sah ich dich auf der Straße, Myriam, und
du erschienst mir so schön, Myriam, daß
(Wie erkläre ich dir, welche Schönheit ich sah!)
Nicht einmal du, Myriam, kannst solche Schönheit an dir
    wahrnehmen noch
dir vorstellen, daß du so schön für mich sein kannst.
Und so schön erschienst du mir, daß ich glaube
keine Frau ist schöner als du
und kein Verliebter findet eine Frau
so schön, Myriam, wie ich dich finde
und du selbst, Myriam, bist vielleicht nicht einmal so schön
denn soviel Schönheit kann nicht wirklich sein!
Wie ich sie an dir wahrnahm, gestern auf der Straße
und wie ich heute glaube, Myriam, an dir gesehen zu haben.

Erinnere dich der vielen schönen Mädchen, die es gegeben hat:
all die Schönheiten von Troja, und die von Achaia,
und die von Theben, und vom Rom des Properz.
Und viele von ihnen ließen die Liebe vergehen,
und starben, und seit Jahrhunderten sind sie nicht mehr.
Du, die du heute schön bist in den Straßen von Managua,
wirst eines Tages sein wie jene aus fernen Zeiten,
wenn die Tankstellen romantische Ruinen geworden sind.

Denk an die Schönheiten in den Straßen von Troja!

*

Es gibt eine Stelle an der Lagune von Tiscapa
– eine Bank unter dem Quelitebaum –
die du kennst (diejenige, die ich in diesem
Gedicht anspreche, wird wissen, daß es für sie ist).
Und du erinnerst dich an jene Bank und an jenen Quelitebaum;
der Widerschein des Mondes in der Lagune von Tiscapa,
die Lichter vom Palast des Diktators,
das Singen der Frösche unten in der Lagune.
Noch immer gibt es jenen Quelltebaum;
noch immer brennen die gleichen Lichter;
in der Lagune von Tiscapa spiegelt sich der Mond;
aber unsere Bank wird diese Nacht leer sein,
oder es sitzt auf ihr schon ein anderes Paar.

Mein süßes Kätzchen, mein süßes Kätzchen!
Wie mein süßes Kätzchen erbebt
beim Streicheln ihres Gesichts, ihres Halses,
bei euren Morden und Foltern!

*

In Costa Rica singen die Fuhrleute.
Fahren mit Mandolinen die Wege entlang.
Und ihre Karren sind bunt wie Muscheln,
ihre Ochsen geschmückt mit Bändern in allen Farben,
mit Glöckchen und Blumen an den Hörnern.

Wenn der Kaffee geerntet wird in Costa Rica
und Karren beladen sind mit dem Kaffee.

Und die Musik spielt auf dem Dorfplatz,
und in San José sind die Balkone und Fenster
voll Mädchen, voll Blumen.
Und die Mädchen spazieren im Park.
Und der Präsident geht zu Fuß in San José.

Jeden Tag kam sie mit ihrer Mutter vorbei auf der »Landstraße«,
um die Ecke am »Schmiedtor«, jeden Nachmittag,
erwartet von Hitler, der sie kommen sehen wollte.
Die Taxis und Busse waren beladen mit Küssen,
und auf der Donau mieteten Pärchen sich Boote.
Doch er konnte nicht tanzen. Nie hat er gewagt, sie anzusprechen.
Dann kam sie ohne die Mutter vorbei, mit einem Lehrling.
Und dann kam sie nicht mehr vorbei.
Daher die Gestapo, später, der Anschluß Österreichs,
der Weltkrieg.

*

Die Guardia Nacional sucht jemanden.
Jemand hofft, diese Nacht noch die Grenze zu erreichen.
Niemand kennt seinen Namen.
Viele andere werden in Gruben verscharrt.
Niemand kennt ihre Namen, niemand kennt ihre Zahl.
Niemand weiß, wo die Gruben sind, niemand, wie viele es sind.
Die Guardia Nacional sucht jemanden.
Jemand hofft, Nicaragua noch diese Nacht zu verlassen.

Unsere Gedichte können noch nicht veröffentlicht werden.
Sie gehen von Hand zu Hand, als Manuskript
oder hektografiert. Doch eines Tages
wird der Name vergessen sein des Diktators,
gegen den sie geschrieben sind,
und dann wird man sie weiter lesen.

*

Mag sein, wir heiraten dieses Jahr,
mein Liebling, wir werden ein Häuschen haben.
Und, mag sein, mein Buch erscheint,
oder wir gehen ins Ausland, wir beide.
Mag sein, Somoza fällt, mein Liebling.

Lied

Mein langes Haar! Mein langes Haar!
Du wolltest mich sehen mit langem Haar.
Ich trage es schon über die Schultern,
und du hast nicht gewartet auf mein langes Haar.

*

Glaubst du, man könnte die Ecke mit dem Obstgeschäft,
wo du mich trafst, erschreckt und mit Freude
(obwohl du nur blaß warst und schwiegst),
von Los Angeles oder den Champs-Elysées auslöschen?

Wie zur Nacht die Eulen pfeifen von Ast zu Ast
und das Weibchen dem Männchen zuruft:
»Eulerich,
wenn du willst, daß ich gehe, gehe ich,
wenn du willst, daß ich gehe, gehe ich«
und er sie auf seinen Ast lockt:
»Eule,
wenn du kommen willst, so komm doch,
wenn du kommen willst, so komm«,
und sobald sie dorthin fliegt, wo er sitzt,
auf einen anderen Ast huscht:
So werbe auch ich um dich,
und du weichst aus.
So werbe auch ich um dich,
und du weichst aus.

Als die goldenen Cortesbäume zu blühen begannen,
waren wir zwei Verliebte.
Noch immer blühen die Corteses
und wir sind schon zwei Fremde geworden.

*

Schwere Tropfen klatschen wie
Schritte die Treppe hinauf
und der Wind pocht an die Tür wie
eine Frau, die eintreten wird.

*

Du hast mich in Träumen besucht
doch die Leere, die zurückblieb als du gingst
war Wirklichkeit.

Niemand ist mir so nahe
wie du, die ich dich allerdings
seit ewigen Zeiten nur noch
in Träumen erblicke.

*

Der Regen klingt wie Musik
draußen in den Pfützen des Hofs
und die Laken sind frisch
aber du liegst nicht bei mir.

DIE STUNDE NULL

I. Tropische Nächte

Tropische Nächte Mittelamerikas,
mit Lagunen und Vulkanen im Mondschein
und Lichtern von Präsidentenpalästen,
Kasernen und traurigen Hornsignalen.
»Oft habe ich bei einer Zigarette
den Tod eines Menschen beschlossen«,
sagt Ubico bei einer Zigarette …
In seinem Palast wie eine rosa Torte
sitzt Ubico erkältet. Draußen wird das Volk
mit Phosphorbomben auseinandergetrieben.
San Salvador im Dunkel der Nacht und der Spionage,
mit Geflüster in den Häusern und Pensionen
und Schreien in den Polizeistationen.
Carías' Palast vom Volk mit Steinen beworfen.
Ein Fenster seines Büros wurde zerschlagen,
und die Polizei schoß in die Menge.
Und auf Managua werden Maschinengewehre angelegt
vom Schokoladenplätzchen-Palast,
und Stahlhelme durchstreifen die Straßen

Wache! Welche Stunde ist's in der Nacht?
Wache! Welche Stunde ist's in der Nacht?

II. Die Bauern von Honduras

Die Bauern aus Honduras trugen das Geld im Hut,
als sie ihre Saat säten
und die Leute aus Honduras Herren ihrer Erde waren.
Als es Geld gab
und keine fremden Anleihen
und auch die Steuern nicht für Pierpont Morgan & Cie
und als die Fruit-Company nicht mit dem kleinen Bauern konkurrierte.
Aber da kam die United Fruit Company
mit ihren Niederlassungen Tela Railroad Company
und Trujillo Railroad Company
vereinigt mit der Cuyamel Fruit Company
und der Vaccaro Brothers & Company
später Standard Fruit & Steamship Company
zur Standard Fruit & Steamship Corporation:
die United Fruit Company
mit ihren Revolutionen zur Erlangung von Konzessionen
und mit der Befreiung von Millionen an Importsteuer
und Exportsteuer, Revision alter Konzessionen
und Subventionen für neue Ausbeutungen,
mit Vertragsbrüchen, Verletzungen
der Verfassung …
Und alle Bedingungen werden von der Company diktiert
mit Auflagen für den Fall der Beschlagnahmung
(Auflagen für die Nation, nicht für die Company),
und mit Bedingungen, die sie stellt (die Company),
die Pflanzungen der Nation zurückzugeben
(von der Nation gratis der Company gegeben)
nach 99 Jahren …
»und alle anderen Pflanzungen jeder anderen
Person oder Gesellschaft oder jedes anderen Unternehmers,
die abhängig sind von den Vertragschließenden, und an welchen

die Letztere später Interessen jeder Art vertritt
oder vertreten kann, sind folglich in die obengenannten
Daten und Bedingungen eingeschlossen ...«
(Weil die Company auch die Prosa korrumpierte.)
Die Bedingung war, daß die Company die Eisenbahn baute,
doch die Company baute sie nicht,
weil die Maultiere in Honduras billiger waren als die Eisenbahn,
und »ein Abgeordneter mehr billig als eine Maultier«
– wie Zemurray sagte –
wenn sie dafür auch Steuerfreiheit bekamen
und 175.000 Acres als Subvention für die Company,
mit der Verpflichtung, für jede nicht gebaute Meile
an die Nation zahlen zu müssen, aber sie zahlte nichts,
baute auch keine einzige Meile (Carias ist der Diktator,
der die meisten Meilen Eisenbahnstrecke nicht baute),
und nach all dem nützte die Scheißbahn
der Nation kein bißchen,
weil diese Bahn zwischen zwei Pflanzungen verlief
und nicht zwischen Trujillo und Tegucigalpa.

Sie korrumpieren die Prosa und korrumpieren das Abgeordnetenhaus.
Die Banane steht in den Pflanzungen, um zu verfaulen,
oder sie verfault in den Waggons entlang der Eisenbahnlinie,
oder sie wird reif geschnitten, um zurückgewiesen zu werden,
wenn sie am Kai ankommt, oder sie wird ins Meer geworfen;
man behauptet, die Büschel seien beschädigt oder zu mager
oder welk oder grün oder zu reif oder krank:
damit es keine billigen Bananen gibt
oder um billige Bananen einzukaufen.
Bis dann Hunger herrscht an der Atlantikküste Nicaraguas.
Und die Bauern eingesperrt werden, weil sie nicht für 30 Cts
verkaufen wollen,
und ihre Bananen mit Bajonetten zerhackt werden,
und die Mexican Trader Steamship ihre Boote versenkt,

und die Streikenden mit Gewehren überwältigt werden.
(Und die Abgeordneten Nicaraguas werden zu einem Gartenfest geladen.)
Aber der Neger hat sieben Kinder.
Und was soll man machen. Essen muß man.
Und man muß ihre Zahlungsbedingungen annehmen.
24 Cts das Büschel.
Inzwischen kabelt die Niederlassung Tropical Radio nach Boston:
»Hoffen daß die Geldzuwendungen an Abgeordnete der Mehrheit
in Nicaragua für die unschätzbaren Dienste
die sie der Company erwiesen haben Bostons Zustimmung hat.«
Und von Boston nach Galveston per Telegraph
und von Galveston per Kabel und Telegraph nach Mexico
und von Mexico per Kabel nach San Juan del Sur
und von San Juan del Sur per Telegraph nach Puerto Limón
und von Puerto Limón per Kanu in die Wälder
geht der Befehl der United Fruit Company:
»Die Yunai kauft keine Bananen mehr.«
Und in Puerto Limón wird Arbeitern gekündigt.
Die kleinen Werkstätten werden geschlossen.
Niemand kann seine Schulden bezahlen.
Und die Bananen in den Eisenbahnwaggons verfaulen.
Damit es keine billigen Bananen gibt.
Und damit die Bananen billig sind.
– 19 Cts das Büschel.
Die Arbeiter bekommen Gutscheine statt Lohn.
Statt Geld Schulden.
Und sie verlassen die Pflanzungen, die völlig nutzlos sind,
übergeben an Heere von Arbeitslosen.
Und die United Fruit Company in Costa Rica
mit ihren Niederlassungen Costa Rica Banana Company
und Northern Railway Company und
der International Radio Telegraph Company
und der Costa Rica Supply Company
kämpfen vor den Gerichten gegen ein Waisenkind.

Fürs Entgleisen zahlt man 25 Dollar Schadenersatz
(aber es wäre teurer gewesen, die Eisenbahnstrecke zu reparieren).

Und die Abgeordneten, billiger als die Maultiere, wie Zemurray sagt.
Sam Zemurray, der türkische Bananeneinzelhändler
aus Mobile, Alabama, der eines Tages eine Reise nach
New Orleans machte
und auf den Kais der United sah, wie man die Bananen ins Meer warf,
und der anbot, alles zu kaufen, um daraus Essig zu machen,
alles kaufte und wieder in New Orleans verkaufte,
und die United mußte ihm Land in Honduras geben,
damit er auf seinen Vertrag in New Orleans verzichtete,
und so kam es, daß Sam Zemurray in Chonduras Bräsidenten ernannte.
Er provozierte Grenzstreitigkeiten zwischen Honduras und Guatemala
(die eigentlich zwischen der United Fruit Company
und seiner Company bestanden),
und erklärte, daß Honduras (seine Company) »keinen Zoll Erde«
verlieren dürfe,
»weder in der umstrittenen Gegend, noch
in irgendwelchen anderen, nicht umstrittenen Gebieten
Honduras« (seiner Company) ...
(während die United die Rechte Honduras verteidigte
in ihrem Prozeß mit der Nicaragua Lumber Company)
bis der Streit plötzlich beendet war, man sich mit der United
zusammenschloß, und anschließend alle Aktien an die United gingen
und mit den Aktien der Vorstand in Boston überrannt wurde
(gemeinsam mit den Geschäftsführern in Honduras) –
und man wurde Herr über Honduras und Guatemala,
und der Streit um die erschöpften Gebiete war zu Ende,
und sie nützten niemandem mehr, weder Guatemala noch Honduras.

III. Es gab einen Nicaraguaner

Es gab einen Nicaraguaner im Ausland,
einen »Nica« aus Niquinohomo,
der arbeitete in der Huasteca Petroleum Co. in Tampico.
Und er hatte fünftausend Dollar gespart.
Und er war weder Militär noch Politiker.
Und er nahm dreitausend Dollar von den fünftausend
und ging nach Nicaragua zu Moncadas Revolution.
Doch als er ankam, ergab sich Moncada.
Der Nica blieb drei Tage traurig im Cerro del Común.
Traurig, ohne zu wissen, was er nun tun sollte.
Und er war weder Militär noch Politiker.
Er dachte und dachte, und schließlich sagte er zu sich:
Jemand muß es tun.
    Und dann schrieb er sein erstes Manifest.

Der General Moncada telegraphiert den Amerikanern:
Alle meine Männer ergeben sich ausser einem.
Mr. Stimpson stellt ihm ein Ultimatum.
»Das Volk wird Ihnen nicht danken ...«
    läßt ihm Moncada sagen.
Er versammelt seine Männer im Chipote-Gebirge,
29 Mann (und mit ihm 30) gegen die USA
    ... ausser einem.
(»einer aus Niquinohomo« ...)
Und mit ihm 30.

»Wer den Erlöser spielt, stirbt am Kreuz«,
läßt ihm Moncada noch einmal sagen.
Weil Moncada und Sandino Nachbarn waren,
Moncada aus Masatepe und Sandino aus Niquinohomo.
Und Sandino antwortet Moncada:

»Der Tod bedeutet mir nichts.«
Und schreibt an Stimpson: »Ich vertraue auf den Mut meiner Leute.«
Und an Stimpson, nach der ersten Niederlage:
»Wer glaubt, wir seien besiegt,
kennt meine Männer nicht.«

Und er war weder Militär noch Politiker.

Und seine Männer:
                viele waren Jungen,
mit Palmstrohhüten und mit Sandalen,
oder barfuß, mit Buschmessern, Alte
mit weißen Bärten, zwölfjährige Kinder mit ihren Gewehren,
Weiße, undurchdringliche Indios, und Blonde, und Schwarze
mit zerrissenen Hosen und ohne Proviant,
die Hosen in Fetzen,
in Indianerreihe marschierend, die Fahne voran,
– ein Lumpen an einen Stock gebunden –
schweigend durch den Regen, und müde,
die Sandalen waten durch die Pfützen des Dorfes
                Viva Sandino!
Und sie kamen vom Gebirge, und sie gingen ins Gebirge zurück,
marschierend, watend, mit der Fahne voran.
Eine Armee auf nackten Füßen oder in Sandalen, fast ohne Waffen,
in der weder Disziplin noch Unordnung herrschte,
und in der weder Führer noch Truppe Sold erhielten,
doch niemand war gezwungen zu kämpfen:
und es gab militärische Ränge, aber alle waren gleich
ohne Unterschied bei der Verteilung des Essens
und der Kleidung, dieselbe Ration für alle.
Und die Führer hatten keine Adjutanten:
eher eine Gemeinschaft als eine Armee
und einig eher durch Liebe als durch Militärdisziplin,
und doch gab es nie eine größere Einigkeit in einem Heer.

Ein fröhliches Heer, mit Gitarren, mit Umarmungen.
Ein Liebeslied war ihr Kriegsgesang:

Wenn Adelita mit einem anderen ginge,
Würd ich ihr folgen übers Land, übers Meer.
Auf dem Meer nähm ich ein Kriegsschiff,
Auf dem Land einen Zug des Militär.

»Die Umarmung ist unser aller Gruß«,
sagte Sandino – und niemand hat so umarmt wie er.
Und immer, wenn sie von sich sprachen, sagten alle:
»Wir alle ... »Wir alle sind gleich.«
»Hier sind wir alle Brüder«, sagte Umanzor.
Und alle blieben zusammen, bis man sie umgebracht hatte.
Gegen Flugzeuge kämpften sie mit Bauerntruppen,
einziger Sold das Essen, die Kleidung und die Waffen,
und jede Kugel, als sei sie aus purern Gold,
geschossen wurde mit Mörsern, aus Eisenrohren,
und mit Bomben aus Steinen und Glasstücken,
gefüllt mit Dynamit aus den Minen und in Felle gepackt,
mit Granaten aus Sardinenbüchsen.

»He is a bandido«, sagte Somoza, »a bandolero.«
Und Sandino hatte nie Eigentum.
Was übersetzt heißt: Somoza nannte Sandino einen Straßenräuber.
Und Sandino hatte nie Eigentum.
Und Moncada nannte ihn Bandit bei den Banketten,
und Sandino hatte in den Bergen nicht mal Salz,
und seine Männer zitterten im Gebirge vor Kälte,
und auf das Haus seines Schwiegervaters hatte er Geld aufgenommen,
um Nicaragua zu befreien, während im Präsidentenhaus
Moncada auf Nicaragua Geld aufnahm.
»Natürlich ist er kein Räuber«, meinte der amerikanische Minister
lachend, »aber wir nennen ihn bandolero im technischen Sinne.«

Was ist das für ein Licht in der Ferne? Ist es ein Stern?
Es ist das Licht Sandinos in den schwarzen Bergen.
Da ist er mit seinen Männern neben dem roten Strohfeuer,
die Gewehre geschultert und in Decken gehüllt,
rauchend oder traurige Lieder aus dem Norden singend,
reglos die Männer, ihre Schatten bewegt.

Sein Gesicht war ausdruckslos wie das eines Geistes,
entrückt beim Meditieren und in Gedanken
und ernst in Aktionen und bei Unwettern.
Und Sandino hatte kein Soldatengesicht,
sondern das eines Dichters, der Soldat wird aus Notwendigkeit,
und das eines unruhigen Menschen, der beherrscht ist von Heiterkeit.
Zwei Gesichter waren in seinem Gesicht:
ein Ausdruck, der dunkel war und gleichzeitig leuchtend;
traurig wie ein Nachmittag in den Bergen
und fröhlich wie der Morgen in den Bergen.
Im Licht verjüngte sich sein Gesicht,
und im Schatten wuchs darin die Erschöpfung.
Und Sandino war weder klug noch gebildet,
doch er kam klug zurück aus den Bergen.

»In den Bergen lernt sich alles«, sagte Sandino
(und er träumte von der Provinz Segovia – voller Schulen),
und er bekam Nachrichten von allen Bergen,
und es schien, als spioniere jede Hütte für ihn
(dort, wo der Fremde wie der Bruder aufgenommen wird,
jeder Fremde, auch der »americano«)
»auch die Yankees …«
Und: »Gott wird für die Segovianer sprechen …« sagte er.
»Nie habe ich geglaubt, daß ich lebend diesen Krieg überstehe,
aber immer habe ich geglaubt, daß er notwendig war …«
Und: »Glaubt ihr, daß ich Großgrundbesitzer werde?«

Es ist Mitternacht in den Bergen Segovias.
Und das Licht ist Sandino! Ein Licht und ein Lied ...

Wenn Adelita mit einem anderen ginge.

Aber die Nationen haben ihr Schicksal.
Und Sandino war nie Präsident,
doch der Mörder Sandinos war Präsident,
und er war Präsident 20 Jahre lang.

Wenn Adelita mit einem anderen ginge,
Würd ich ihr folgen übers Land, übers Meer.

Die Entwaffnung wurde beschlossen. Man lud die Waffen auf Karren.
Mit Pittahanfstricken gebunden, verrostete Gewehre
und einige alte Maschinengewehre.
Und die Karren fahren herab vom Gebirge.

Auf dem Meer nähm ich ein Kriegsschiff,
Auf dem Land einen Zug des Militär.

Telegramm des amerikanischen Ministers (Mr. Lane)
an den Staatssekretär – aufgegeben in Managua
am 14. Februar 1934 um 18.05 Uhr
und empfangen in Washington um 20.50 Uhr:

»Aus amtlicher Quelle erfahren wir,
daß das Flugzeug nicht in Wiwilí landen konnte,
folglich verzögert sich die Ankunft Sandinos ...«

Das Telegramm des amerikanischen Ministers (Mr. Lane)
an den Staatssekretär vom 16. Februar,
die Ankunft Sandinos in Managua betreffend,
Not Printed
wurde nicht im Bericht des Ministeriums veröffentlicht.

Wie die Guardatinaja, die aus dem Gebüsch
auf die Landstraße kommt und von Hunden in die Enge getrieben wird,
und vor den Schützen verharrt,
weil sie weiß, daß sie nirgendwohin kann …

I talked with Sandino for half an hour
– sagte Somoza dem amerikanischen Minister –
but I can't tell you what he talked about
because I don't know what he talked about
because I don't know what he talked about.

»Und ihr werdet schon sehen, daß ich nie Eigentum haben werde …«
Und: »Es ist ver-fas-sungs-wid-rig!« sagte Sandino.
»Die Guardia Nacional ist verfassungswidrig.
»An insult!« sagte Somoza dem amerikanischen Minister
am EINUNDZWANZIGSTEN FEBRUAR
um 18.00 Uhr.
»An insult! I want to stop Sandino.«

Vier Gefangene gruben ein Grab.

»Wer ist gestorben?« fragte ein Häftling.
»Niemand«, sagte die Wache.
»Wofür ist dann das Grab?«
»Was geht es dich an,« sagte die Wache, »grab weiter.«

Der amerikanische Minister ißt zu Mittag mit Moncada.
»Will you have coffee, Sir?«
Moncada sieht unbewegt zum Fenster.
»Will you have coffee, Sir?«
»It's very good coffee, Sir.«
»What?« Moncada sieht vom Fenster weg,
sieht den Diener an: »Oh yes, I'll have coffee.«
Und lacht. »Certainly.«

In einer Kaserne sind fünf Männer in einem verschlossenen Raum
mit Wachen vor Türen und Fenstern.
Einem der Männer fehlt ein Arm.
Kommt der fette Chef mit den Orden, sagt zu ihnen: »Yes.«

Ein anderer Mann wird in dieser Nacht mit dem Präsidenten zu
Abend speisen (als der Mann, für den man das Grab grub),
und er sagt seinen Freunden: »Gehen wir. Es ist Zeit.«
Und sie fahren hinauf, um mit dem Präsidenten von Nicaragua
zu Abend zu speisen.

Um 10 Uhr nachts steigen sie in Managua aus dem Auto.
An der Stadteinfahrt hält sie die Guardia an.
Die beiden Älteren nimmt man in einem Auto mit,
und die anderen drei in einem anderen Auto in eine andere Richtung,
wo vier Gefangene ein Grab gegraben hatten.
»Wohin fahren wir?«
fragte der Mann, für den man das Grab geschaufelt hat.
Und niemand antwortete ihm.

Später hielt das Auto, und die Guardia sagte:
»Steigt aus.« Die drei stiegen aus,
und der Mann, dem ein Arm fehlte, rief: »Feuer!«

»I was in a concierto«, sagte Somoza.
Und so war es, er war in einem Konzert
oder bei einem Bankett oder er ließ eine Tänzerin tanzen oder
wer weiß welche Scheiße sonst –.
Und um 10 Uhr nachts hatte Somoza Angst.
Plötzlich schrillte das Telefon.
»Sandino möchte Sie sprechen.«
Und er hatte Angst. Einer seiner Freunde meinte:
»Sei nicht feige, du Bock.«
Somoza befahl, den Hörer nicht abzunehmen.

Die Tänzerin fuhr fort, für den Mörder zu tanzen.
Und draußen im Dunkel schrillte
und schrillte das Telefon.

Beim Schein einer Taschenlampe
schaufeln vier Männer ein Grab zu.
Und beim Schein eines Februarmondes.
Es ist die Stunde, da der Morgenstern die Mädchen weckt
von Chontales, daß sie Maisbrei kochen,
und der Gummisammler, der Holzfäller und der Wurzelsammler
aufbrechen,
die Bananenfelder vom Mond noch in Silber getaucht,
da: das Heulen des einsamen Präriewolfs und der Schrei des kleinen Papageis
und das Pfeifen der Schleiereule im Mondlicht.
Die Guardatinaja und die Guatuza kommen aus ihren Löchern,
und die Pocoyos und die Gespensterhunde verkriechen sich wieder.
Die Weinende heult am Ufer der Flüsse:
»Hast du's gefunden?« »Nein.« »Hast du's gefunden?« »Nein.«
Ein Vogel klagt wie das Stöhnen eines Baumstumpfs,
dann schweigt die Schlucht, als horche sie auf etwas,
und da: ein Schrei … Von weither spricht der Vogel
dasselbe traurige Wort, dasselbe traurige Wort.
Die Bauern beginnen ihre Kühe zu rufen:
Tóooo-tó-tótó, Tóooo-tó-totó, Tóooo-tó-tótó,
die Fischer setzen die Segel auf ihren Booten,
der Telegraphist von San Rafael del Norte telegraphiert:
GUTEN MORGEN NICHTS NEUES IN SAN RAFAEL DEL NORTE
und der Telegraphist aus Juigalpa: NICHTS NEUES IN JUIGALPA
Und die Stämme kommen den Rio Escondido herunter
mit den Enten, die schreien cuá-cuá-cuá, und die Echos,
die Echos, während der Schlepper mit den Stämmen entschwindet
auf dem grünen Grasfluß,
hinunter zum Atlantik …

Und in den Salons des Präsidentenpalasts
und in den Höfen der Gefängnisse und in den Kasernen
und in der amerikanischen Botschaft und auf der Polizeistation
sehen sich die, die wach waren während der Nacht, im blassen
Morgenrot an, die Gesichter und Hände befleckt wie von Blut.

»I did it«, sagte später Somoza.
»I did it for the good of Nicaragua.«

Und William Walker meinte, bevor man ihn umbrachte:
»Der Präsident Nicaraguas ist Nicaraguaner.«

IV. Im April

Im April sind die Felder Nicaraguas trocken.
Das ist der Monat der Feldbrände,
der Hitze und der glühenden Koppeln
und der Wälder, die die Farbe von Kohlen haben,
des heißen Winds und der Luft, die verbrannt riecht,
und der Felder, die blau sind im Rauch
und der Staubwolken der Traktoren, die Stümpfe ausreißen,
der trockenen Flüsse, die wie Wege sind,
und der Äste, kahl wie Wurzeln,
der verschwommenen roten Sonnen wie Blut
und der riesigen roten Monde wie Sonnen
und der fernen Brände des Nachts wie Sterne.

Im Mal kommen die ersten Regen.
Das zarte Gras wird aus der Asche neu geboren.
Die verschmierten Traktoren brechen die Erde auf.
Die Wege sind voller Schmetterlinge und voll Pfützen,
und die Nächte sind kühl und voller Käfer,
und es regnet die ganze Nacht. Im Mai
blühen die Malinchebäume in den Straßen Managuas.
Aber der April ist in Nicaragua der Monat des Todes.
Im April wird man umgebracht.
Ich war mit ihnen in der Aprilrebellion
und lernte ein Rising-Gewehr zu bedienen.
            Und Adolfo Baéz Bone war mein Freund:
Man verfolgte ihn mit Flugzeugen, mit Lastwagen,
mit Scheinwerfern, mit Tränengasbomben,
mit Radios, mit Hunden, mit Guardias,
und ich erinnere mich der roten Wolken über dem Präsidentenhaus
wie blutige Wattefetzen
und des roten Mondes über dem Präsidentenhaus.

Der Geheimsender sagte, er lebt.
Das Volk glaubte nicht, daß er tot sei.
(Und er ist nicht tot.)
Weil manchmal ein Mensch geboren wird auf einer Erde,
die diese Erde ist.
Und die Erde, in der dieser Mensch begraben ist,
ist dieser Mensch.

Und die Menschen, die später in dieser Erde geboren werden,
sind dieser Mensch.
Und Adolfo Baéz Bone war dieser Mensch.

»Wenn man mir sagte, ich solle mein Schicksal wählen
(hatte mir Baéz Bone drei Tage vorher gesagt),
zwischen: ermordet wie Sandino,
und: Präsident wie der Mörder Sandinos
– ich würde das Schicksal Sandinos wählen.«
Und er wählte sein Schicksal.
Ruhm ist nicht das, was in den Geschichtsbüchern gelehrt wird:
Ruhm ist ein Schwarm Geier auf einem Feld und ein starker Gestank.
Doch wenn ein Held stirbt,
stirbt man nicht:
dieser Held wird wiedergeboren
in einer Nation.

Dann schickten die USA für Somoza mehr Waffen;
fast einen halben Morgen lang fuhren die Waffen vorbei;
Lastwagen um Lastwagen mit Kisten voll Waffen;
alle gestempelt: USA, MADE IN USA,
Waffen, um noch mehr Gefangene zu machen, um Bücher zu verfolgen,
um Juan Potosme fünf Pesos zu stehlen.
Ich sah diese Waffen durch die Roosevelt-Allee fahren.

Und die schweigenden Menschen auf den Straßen sahen sie
entlangfahren:
der Magere, der Barfüßige, der mit dem Fahrrad,
der Schwarze, der mit der dicken Nase, die in Gelb, der Große,
der Blonde, der Kahlkopf, der mit dem Schnurrbart,
der Plattnäsige, der Glatthaarige, der Kraushaarige, der Rachitische,
und das Gesicht all dieser Menschen
war das eines toten Ex-Leutnants.

Die Musik der Mambos klang bis Managua hinunter.
Mit seinen roten und trüben Haifischaugen,
Haifisch mit Leibwachen und Kriegsgerät (Eulamia nicaraguensis),
tanzte Somoza den Mambo
Mambo Mambo
den tollen Mambo,
als man ihn umbrachte.

Und Tachito Somoza (der Sohn) geht ins Präsidentenhaus hinauf,
um ein blutbeflecktes Hemd zu wechseln
mit einem sauberen.
Befleckt mit Blut und Betrug.
Die Hunde des Gefängnisses heulten vor Mitleid.
Die Nachbarn der Kaserne hörten die Schreie.
Zuerst war's ein einziger Schrei mitten in der Nacht
und später noch mehr Schreie und noch mehr Schreie
und dann Schweigen … Dann ein Entladen
und ein einziger Schuß. Dann wieder Schweigen,
und ein Krankenwagen.

Und im Kerker heulen die Hunde schon wieder.
Das Kreischen des Eisentors, das sich schließt
hinter dir, und dann fangen die Fragen an
und die Anklage, die Anklage wegen Verschwörung
und das Geständnis und später die Wahngebilde,

das Foto deiner Freundin brennt wie das grelle Licht
vor dir und die Nächte sind voller Geschrei
und Lärm und Schweigen, ein Grabesschweigen,
und von neuem dieselbe Frage, dieselbe Frage
und dasselbe Kreischen noch einmal und das grelle Licht in den Augen
und später die langen folgenden Monate.
Ach, wenn man sich diese Nacht in sein Bett legen könnte
ohne Angst, geweckt und aus dem Haus geschleppt zu werden
mit Schlägen ans Tor und dem Klingeln in der Nacht.

Schüsse bellen in der Nacht, oder es scheinen Schüsse zu sein.
Schwere Lastwagen fahren vorbei, sie halten an
und fahren weiter. jemand hat ihre Stimmen gehört.
Da an der Ecke. Vielleicht lösen sie die Wache ab.
Jemand hat ihr Lachen und ihre Waffen gehört.
Der Schneider von gegenüber hat das Licht angemacht.
Und es ist, als hätten sie hier geklopft. Oder beim Schneider.
Wer weiß, ob du diese Nacht nicht auf der Liste stehst.
Und die Nacht hat kein Ende. Und da sind noch viele Nächte.
Und der Tag wird nur eine Nacht mit Sonne sein.
Die Ruhe der Nacht unter dem riesigen Sonnenball.

Der amerikanische Minister, Mr. Whelan,
nimmt an der Fiesta im Präsidentenhaus teil.
Man sieht die Lichter des Präsidentenhauses von überall in Managua.
Die Musik der Fiesta dringt bis in die Zellen der Gefangenen
in der lauen Brise Managuas unter dem Ausnahmezustand.
Die Gefangenen können in ihren Zellen die Musik hören
zwischen den Schreien der in den Brunnen Gefolterten.
Oben im Präsidentenhaus sagt Mr. Whelan:
            Fine party!

Wie der sonofabitch Roosevelt zu Sumner Welles sagte:
»Somoza is a sonofabitch
            but he's ours.«

Sklave der Ausländer
und Tyrann seines Volkes,
aufgezwungen von der Intervention,
aufrechterhalten von der Nicht-Intervention.
Somoza forever

Der Spion, der tagsüber ausgeht,
der Agent, der ausgeht des Nachts,
und die nächtliche Haft:
Die, die verhaftet werden, weil sie in einem Bus geredet
oder Viva gerufen
oder einen Witz erzählt haben.
»Angeklagt, über den Herrn Präsidenten schlecht gesprochen
zu haben ...«

Und die Prozesse mit einem froschgesichtigen Richter
oder vor Kriegsgerichten mit hundegesichtigen Guardias:
über jene, die man zwang, Urin zu trinken und Scheiße zu fressen
(wenn ihr eine Verfassung habt, denkt daran!),
die mit dem Bajonett im Mund und mit der Nadel im Auge,
mit den elektrischen Kontakten und dem grellen Licht in den Augen.
– »Er ist ein Hurensohn, Mr. Welles, aber er ist unser.«
Und in Guatemala, in Costa Rica, in Mexico
wachen die Verbannten auf in der Nacht,
träumen davon, daß man ihnen das »Maschinchen« anlegt
oder daß sie gefesselt sind, von neuem,
und sie sehen Tachito mit der Nadel kommen.
»Und galán, Mensch ...«
(sagte ein Bauer).
»Ja, er war's. Und galán, Mensch ...
Weiß, in seinem gelben Hemdchen
mit kurzen Ärmeln,
Galán, der Bock.«

Wenn es Nacht wird in Nicaragua, füllt sich das Präsidentenhaus
mit Schatten. Und es erscheinen Gesichter.
Gesichter im Dunkel.
            Blutbefleckte Gesichter.
Adolfo Baéz Bone, Pablo Leal ohne Zunge,
Luis Gabuardi, den man lebendig verbrannte
und er sterbend schrie: TOD DEM SOMOZA!
Das Gesicht des 16jährigen Telegraphisten
(man kennt nicht einmal seinen Namen),
der bei Nacht geheime Botschaften weitergab
nach Costa Rica, zitternde Telegramme
durch die Nacht, hinaus aus Tachos düsterem Nicaragua
(und er wird nicht in den Geschichtsbüchern stehen),
und er wurde entdeckt, und er starb angesichts dieses Tachito,
sein Gesicht sieht ihn noch immer an. Der Junge,
den man des Nachts antraf, wie er Plakate anklebte:
            SOMOZA IST EIN DIEB
und er wird im Gebirge gejagt von lachenden Guardias …
Und so viele andere Schatten, so viele andere Schatten;
die Schatten der Schwärme von Geiern aus Wiwilí,
der Schatten Estradas, der Schatten Umanzors;
der Schatten von Socrates Sandino;
und der riesige Schatten des riesigen Mordes,
der Schatten Augusto César Sandinos;
jede Nacht füllt sich das Präsidentenhaus in Managua
mit Schatten.

Aber der Held wird geboren, wenn er stirbt,
und das grüne Gras wird wiedergeboren aus der Asche.

An Ostern erstehen die Zikaden

An Ostern erstehen die Zikaden
– als Larven 17 Jahre in der Erde vergraben –
Millionen und Abermillionen Zikaden
die den ganzen Tag hindurch singen und singen
und selbst in der Nacht ertönt ihr Gesang.
Allein die Männchen singen:
die Weibchen sind stumm.
Doch sie singen nicht für die Weibchen:
denn diese sind auch taub.
Der ganze Wald klingt wider von ihrem Gesang
und sie allein im ganzen Wald sind dafür taub.
Für wen singen die Männchen?
Und weshalb singen sie immerzu? Und was singen sie?
Sie erinnern an Trappisten im Chor, die
vor ihren Psalm- und Antiphonal-Gesangbüchern
das Invitatorium zur Osterfeier anstimmen.
Mit Ausgang des Monats wird ihr Gesang immer trauriger
und nach und nach verstummen die Sänger
und dann sind nur noch einzelne zu hören
und schließlich keiner mehr. Sie kündeten die Auferstehung.

Es wurde Frühling auf dem Trappistenfriedhof,
im grünen Friedhof mit frisch gemähtem Gras,
mit den eisernen Kreuzen in Reihen wie die Saat auf den Feldern,
wo der Kardinalvogel seine Geliebte ruft und die Geliebte
dem Ruf ihres roten Geliebten antwortet.
Wo der Zaunkönig Zweige sammelt für sein Nest
und man das Rattern des gelben Traktors hört
jenseits der Landstraße, hinter dem Zaun.
Jetzt seid ihr Phosphor, Stickstoff und Pottasche.
Und mit dem nächtlichen Regen, der Wurzeln auswäscht
und Knospen öffnet, ernährt ihr die Pflanzen,
wir ihr die Pflanzen gegessen habt, die vor dem Menschen waren
und Pflanzen davor und Phosphor davor, Stickstoff und Pottasche.
Doch wenn der Kosmos zurückkehrt zum einstigen Wasserstoff
– weil wir Wasserstoff sind und zu Wasserstoff werden –
aufersteht ihr nicht allein, wie ihr begraben seid,
sondern in eurem Körper wird auferstehen die ganze Erde:
der nächtliche Regen, das Nest des Zaunkönigs,
die schwarzweiße Holsteinkuh dort auf dem Hügel,
die Liebe des Kardinalvogels und der Traktor im Mai.

Wie die Schwärme der Enten, die schreiend vorüberziehn,
die in den Nächten des Herbstes schreiend vorüberziehn,
zu südlichen Seen, die nie sie gesehen,
und die nicht wissen, wer sie lenkt, nicht wissen, wohin:
so wurden wir gelenkt hin zu dir, ohne zu wissen, wohin.
Und wie die Schwärme der Enten, die von Süden kommen,
im Frühling, vom Süden Amerikas,
und die durch Kentucky ziehn, schreiend des Nachts.

Da ist ein Lärmen von Traktoren auf den Wiesen.
Die rosa Pflaumenbäume stehen in Blüte.
Sieh: in Blüte stehen die Apfelbäume.
Geliebter, dies ist die Zeit der Liebe.
Die Stare singen im Maulbeerbaum.
Die Landstraßen riechen frisch asphaltiert,
und die Autos fahren vorbei mit dem Lachen von Mädchen.
Sieh: die Zeit der Liebe ist da.
Jedem Vogel folgt fliegend ein andrer.

Der Frühling kam mit seinem Duft nach Nicaragua:
dem Duft von regenfeuchter Erde, dem Duft von Wärme,
von Blumen, von freigewaschenen Wurzeln und tropfenden Blättern
(und ich hörte das Muhen des Viehs in der Ferne …)
Oder ist es der Duft von Liebe? Doch dies ist nicht deine Liebe.
Noch die Liebe zum Vaterland jenes Diktators: des fetten
Diktators im Sportanzug und mit Texashut,
mit prächtiger Yacht durch die Landschaften deines Schlafs:
er hat dies Land geliebt und bestohlen und dann besessen.
Und nun ruht in seinem geliebten Land der einbalsamierte Diktator,
da dich die Liebe in die Verbannung trieb.

All jene Tage fährt der »Louisville & Nashville«
über die Felder Kentuckys singend vorüber,
und es scheint mir, als hörte ich das Bähnlein aus Nicaragua,
wenn es am Ufer des Sees von Managua entlangfährt,
zu Füßen des Momotombo, kurz vor der Ankunft
in Mateare, oder wenn es die Kurve durchfährt
vor der Insel des Vogels, pfeifend und singend
sein eisernes Lied aus Rädern und Schienen,
die ersten Lichter von Managua dort
in der Ferne, gespiegelt im Wasser …
Und der »Louisville & Nashville« entfernt sich singend.

Wie die Eulen, die nur in der Nacht sehen, wie
mittags für die Fledermäuse Mitternacht ist, so
sind an diesem hellen Julinachmittag
nur Schatten, was wir sehen:
der silberschimmernde Wasserbehälter, der Untergang der Sonne,
die umhersegelnden Schwalben, dieses Buch von Seuse,
das Flugzeug, das wie ein Fisch über den Julihimmel gleitet.

Die Autos kommen und gehen vorüber
vor dem Noviziat, wie die Wellen des Meeres.
Man hört, wie das Brausen von ferne zunimmt,
mehr und mehr, das Heulen des Motors,
das Singen der Reifen auf dem nassen Asphalt,
und dann wird es leiser und leiser, und dann hört man nichts mehr.
Und noch ein Motorenlärm wächst in der Ferne.
Wie die Wellen des Meeres. Und ich lief wie die Wellen
über geteerte Straßen, die nirgendwohin gehn.
Und manchmal ist mir, als liefe ich immer noch,
und nur im Traum komm ich irgendwo an,
und ich sehe nicht einfach die Autos vorüberfahren,
sondern erblicke diesen Ort mit Zerstreutheit
vom Auto aus, das soeben vorüberfährt.

Wenn die ersten Reklamen aufleuchten
und die Marquisen der Kinos angestrahlt werden,
kann man hier nur noch die Schwalben hören.
Um sieben Uhr legen Trappisten sich schlafen.
Noch ist es hell, als sei Mittag,
und Vollmond ist, als sei Mitternacht.
Die Pferde stehn schweigend im Stall.
Die Lastwagen schlafen in ihren Garagen,
und die arbeitslosen Traktoren stehn vor der Scheune.
Und über dem Wassertank: der Mond von Aluminium.

Mich weckt in der Zelle der lange Güterzug,
den man des Nachts von fern kommen hört,
und da fährt er vorbei, und er pfeift, und es scheint,
als käme er nie mehr wieder.
Wagen um Wagen rattert dahin.
Ich drehe mich um, will schlafen, und immer noch fährt er vorbei,
schnaubt dort in der Ferne und pfeift noch,
und zwischen zwei Träumen frage ich mich, warum da noch Züge sind,
und wem sie die Güter bringen, und was sie bringen,
und woher die Wagen kommen, und wohin sie gehen.

Bei Mondlicht glänzen die Zinkdächer,
das blecherne Lagerhaus, die Zapfsäule
und der Wasserbehälter, als wären sie aus Silber.
Und wie ein Stern, oder wie eine glühende Zigarette
schwebt dort in weiter Entfernung über dem Hügel von Nally
ein blinkendes Passagierflugzeug durch die Nacht.

In der Nacht leuchten die Wörter:
PEPSI-COLA
PALMOLIVE CHRYSLER COLGATE CHESTERFIELD
erlöschen und flammen auf und erlöschen und flammen auf,
rote, grüne, blaue Lichter an Hotels und an Bars
und an Kinos, die Trappisten erheben sich zum Chorgebet
und entzünden die fluoreszierenden Lampen
und öffnen die großen Psalter und Antiphonen
inmitten von Tausenden Radios, inmitten von Tausenden Fernsehern.
Das sind die Lampen der klugen Jungfrauen, die auf den
Bräutigam warten in der Nacht der Vereinigten Staaten.

2 Uhr morgens. Die Stunde des Nachtgebets, und die Kirche
scheint im Halbschatten voller Dämonen.
Dies ist die Stunde der Finsternis und der Fiestas.
Die Stunde meiner Bummeleien. Und meine Vergangenheit kehrt
zurück.

»Und meine Sünde steht immer vor mir.«

Und während wir Psalmen singen, tritt die Erinnerung
in mein Gebet wie ein Radio, wie eine Musikbox.
Alte Bilder aus Filmen kommen zurück, Alpträume, Stunden
allein in Hotels, Bälle, Reisen, Küsse, Bars.
Und vergessene Gesichter stehn auf. Unheimliche Dinge.
Somoza, ermordet, kommt aus seinem Grab. (Mit Sehun, dem König
der Amoriten, und Og, dem König von Basan.)

Die Lichter des »Copacabana« glitzern im schwarzen Wasser,
das aus den Kloaken Managuas quillt, hinter der Mole.
Absurde Gespräche nächtlicher Saufgelage
wieder und wieder, wie eine Platte mit Sprung.
Und das Rufen der Roulette, und die Musikboxen.

»Und meine Sünde steht immer vor mir.«

Das ist die Stunde, da die Lichter funkeln an den Bordellen
und Kneipen. Das Haus des Kaiphas ist voller Menschen.
Die Lichter brennen im Palast des Somoza.
Das ist die Stunde, da sich das Kriegsgericht trifft
und die Folterknechte hinuntersteigen zum Kerker.
Die Stunde der Geheimpolizei und der Spione,
wenn die Räuber und Ehebrecher die Häuser umschleichen

und man die Leichen versteckt. Ein Bündel fällt ins Wasser.
Das ist die Stunde, da die Sterbenden mit dem Tode ringen.
Die Stunde des Angstschweißes im Garten und der Versuchungen.
Draußen singen traurig die ersten Vögel,
sie rufen die Sonne. Das ist die Stunde der Finsternis.
Und die Kirche ist eiskalt, wie voller Dämonen,
während wir weiter des Nachts unsere Psalmen singen.

Wie leere Bierdosen

Wie leere Bierdosen und kalte
Zigarrenstummel, so sind meine Tage gewesen.
Wie Gestalten, die über den Fernsehschirm huschen
und wieder fort sind, so ist mein Leben vergangen.
Wie die Autos, die eilig die Straßen entlangfuhren
mit dem Lachen von Mädchen, mit Musik aus dem Radio …
Und die Schönheit ging schnell dahin, wie Automodelle
und die Schlager im Radio, die nicht mehr modern sind.
Und nichts blieb von jenen Tagen, nichts
als leere Bierdosen und kalte Kippen,
als ein Lachen auf bräunlichen Fotos, zerrissene Fahrscheine,
und das Sägemehl, mit dem man morgens die Kneipen kehrt.

Psalmen

Psalm 5

Hör meine Worte, Herr –
höre mein Seufzen,
hör meinen Protest,
denn Du bist Gott und kein Freund der Diktatoren,
Du folgst nicht ihrer Politik
noch achtest Du auf ihre Propaganda.
Du hast mit Gangstern nichts gemein.

Ihre Reden sind unaufrichtig
wie ihre Presseerklärungen.

Sie sprechen von Frieden –
und steigern die Rüstungsproduktion.
Auf ihren Konferenzen reden sie vom Frieden,
doch im geheimen bereiten sie Krieg vor.
Die ganze Nacht lang streuen ihre Radiosender Lügen aus,
verbrecherische Pläne füllen die Akten ihrer Büros.
Du aber, Herr, wirst mich vor ihren Anschlägen retten.
Sie sprechen mit dem Mund der Maschinengewehre,
und ihre Zungen sind glänzende Bajonette.

Straf sie, o Gott!
Laß scheitern ihre Politik!
Bring ihre Memoranden durcheinander!
Verhindere ihre Programme!

Wenn die Sirene heult,
wirst Du mir beistehen,
meine Zuflucht bist Du am Tag der Bombe.

Wer ihren lügnerischen Parolen nicht glaubt,
wer ihrem Werben und ihren politischen Kampagnen nicht traut,
den segnest Du,
den umgibst Du mit Deiner Liebe
wie mit Panzerwagen.

Psalm 9 (9/10)

Herr, Deine Wunder will ich singen,
Psalmen werde ich singen,
denn des Feindes Streitkraft ist zerschlagen.

Die Mächtigen haben die Macht verloren.
Verschwunden sind ihre Denkmäler und Bilder,
entfernt ihre Gedächtnistafeln.
Du hast ihre Namen ausgelöscht für immer.
Man findet sie nicht mehr in den Zeitungen,
nur die Historiker werden sie noch kennen.
Straßen und Plätze sind nicht mehr
nach ihnen benannt,
denn Du hast ihre Partei vernichtet.
Du allein regierst ewig,
Gerechtigkeit heißt Deine Macht.
Du regierst alle Völker
und ihre Regierungen.
Du bist ein Verteidiger der Rechtlosen,
Du erinnerst Dich der Morde
und vergißt die Klage der Armen nicht.
Blick auf mich im Konzentrationslager, Herr,
zerschneide den Stacheldraht,
hol mich heraus aus den Toren des Todes,
daß ich Dir Psalmen singe vor Zions Toren.

Mit ihren eigenen Waffen werden die Feinde geschlagen,
durch ihre eigene Polizei werden sie gestellt.

Der Herr wird ihre Taktik durchkreuzen,
bald werden sie einbalsamiert und in Mausoleen ausgestellt.
Herr, erhebe Dich,

damit nicht Karrieremacher uns beherrschen,
hilf, daß die Ausgebeuteten nicht länger vergessen werden
und die Armen nicht vergeblich hoffen.

O Herr,
unterwarf sie ihren eigenen Terrorsystemen,
damit sie erfahren, daß sie Menschen sind, nicht Götter!
Wie lange, Herr, wirst Du verborgen bleiben?
Die Gottesleugner sagen, Du existierst nicht.
Wie lange werden Diktatoren noch herrschen?
Wie lange noch wird man ihre Stimmen im Radio hören?
Jeden Abend feiern sie Feste,
wir sehen die Festbeleuchtung von weitem.
Sie sitzen bei ihren Banketten –
und wir sind im Kerker.

Für sie ist Gott nur eine Vokabel,
GERECHTIGKEIT ein Schlagwort.
Ihre Presseerklärungen sind Betrug.

Ihre Worte sind nur Waffen der Propaganda,
Werkzeuge der Unterdrückung!

Wir sind umgeben von Spionagenetzen.
Erhebe Dich, Herr,
vergiß die Unterdrückten nicht
und laß die Herrschenden nicht in dem Glauben,
daß sie davonkämen.

Du siehst, was geschieht,
Du kennst unsere Kerker,
Du nimmst Dich der Verfolgten an,
Dir wird das Waisenkind anvertraut,
die Kinder aller Ermordeten.

Zerschlage, Herr, ihre Geheimpolizei
und ihre Kriegsgerichte,
daß ihre Heeresmacht spurlos verschwinde.

Du bist es, der die Jahrhunderte regiert,
Du hörst das Gebet der Demütigen
und das Weinen der Verwaisten.

Ein Anwalt bis Du den Ausgebeuteten und Bestohlenen,
damit nicht hochmütig werden,
die oben sitzen und die Macht in Händen halten!

Psalm 15 (16)

Und ich sprach zu Ihm:
Es gibt kein Glück für mich außer Dir.
Ich bete weder Filmstars
an noch politische Führer,
ich vergöttere keine Diktatoren.

Wir haben ihre Zeitungen nicht abonniert,
noch sind wir eingeschriebene Parteimitglieder.

Wir sprechen nicht in Schlagworten,
noch folgen wir ihren Parolen.

Wir hören ihre Sendungen nicht,
noch glauben wir ihren Plakaten.

Wir kleiden uns nicht nach ihrer Mode,
noch kaufen wir ihre Waren.

Wir gehören ihren Klubs nicht an
und essen nicht in ihren Restaurants.

Ich beneide sie nicht um die Speisekarte ihrer Bankette,
ihre blutigen Trankopfer werde ich nicht schlürfen.

Der Herr ist mein Grundstück im versprochenen Land.
Ein herrlicher Anteil fiel mir zu
vom Land der Verheißung.

Dich allein hab' ich vor Augen
wenn ich Dein gedenke,
zittern alle Fasern meines Körpers vor Freude.

Sogar des Nachts, wenn ich schlafe,
selbst im Unterbewußtsein
preise ich Dich!

Psalm 18 (19)

Die Milchstraßen singen Gottes Ruhm.
Arktur ist zwanzigmal größer als die Sonne
und Antares 487 mal heller als ihr Schein.
Sigma des Dorado hat den Glanz von dreihunderttausend Sonnen,
Alpha des Orion entspricht 27 Millionen Sonnen,
und Aldebaran hat einen Durchmesser von 50 Millionen Kilometer;
Alpha der Leier, dreihunderttausend Lichtjahre von uns entfernt,
und der Nebel des Bootes, 200 Millionen Lichtjahre weit,
sie alle künden das Werk Seiner Hände.

Seine Sprache ist wortlos
und nicht gleich dem Redeschwall der Politiker,
und doch ist Seine Sprache unüberhörbar.
Die Milchstraßen senden geheimnisvolle Radiowellen aus,
und der eisige Wasserstoff im interstellaren Raum
bebt in optischen Wellen und akustischen Schwingungen.
In den Vakuen zwischen den Milchstraßen
wogen Magnetfelder,
die bis in unsere Radioteleskope singen
(und vielleicht gibt es Zivilisationen, deren Botschaften unsere
Radioantennen auffangen können).

Im Universum gibt es
– soweit wir heute erkennen –
100 Millionen Milchstraßen,
die sich in einem riesigen Karussell
wie Musikkreisel drehen.
Die Sonne zieht ihre gewaltige Bahn
rings um das Sternbild des Schützen.
Sie gleicht einer Gattin, die sich vom Brautbett erhebt;
umgeben von ihren Planeten eilt sie,

im Tempo von 72.000 Kilometern pro Stunde,
dem Sternbild des Herkules und der Leier entgegen
(150 Millionen Jahre braucht sie, den Kreis zu vollenden),
und sie weicht nie einen Zentimeter von ihrer Bahn.

Das Gesetz des Herrn zügelt das Unterbewußtsein,
es ist vollkommen wie das Gesetz der Schwerkraft.
Seine Worte gleichen den Parabeln der Kometen
und Seine Befehle den zentrifugalen Kreisen der Milchstraßen.
Seine Gebote sind wie Fixsterne,
die ihren Platz einhalten,
ihre Geschwindigkeit
und ihre Entfernung,
deren Wege sich tausendmal kreuzen
und die doch nie zusammenstoßen.

Gerecht sind die Urteile des Herrn
und nicht das Ergebnis von Meinungsumfragen,
ihr Wert übersteigt Dollars und Aktien.

Bewahre mich vor dem Hochmut der Geldherrschaft und der politischen Macht,
so werde ich gefeit sein gegen Kriminalität
und Kapitalverbrechen an der Menschheit.

Möge Dir angenehm sein, was ich sage und singe,
Herr,
mein Befreier.

Psalm 21 (22)

Mein Gott, mein Gott – warum hast Du mich verlassen?
Ich bin zur Karikatur geworden,
das Volk verachtet mich.
Man spottet über mich in allen Zeitungen.

Panzerwagen umgeben mich,
Maschinengewehre zielen auf mich,
elektrisch geladener Stacheldraht schließt mich ein.
Jeden Tag werde ich aufgerufen,
man hat mir eine Nummer eingebrannt
und mich hinter Drahtverhauen fotografiert.
Meine Knochen kann man zählen wie auf einem Röntgenbild,
alle Papiere wurden mir weggenommen.
Nackt brachte man mich in die Gaskammer,
und man teilte meine Kleider und Schuhe unter sich.
Ich schreie nach Morphium, und niemand hört mich.
Ich schreie in den Fesseln der Zwangsjacke,
im Irrenhaus schreie ich die ganze Nacht,
im Saal der unheilbar Kranken,
in der Seuchenabteilung und im Altersheim.
In der psychiatrischen Klinik ringe ich schweißgebadet mit dem Tod.
Ich ersticke mitten im Sauerstoffzelt.
Ich weine auf der Polizeistation,
im Hof des Zuchthauses,
in der Folterkammer
und im Waisenhaus.
Ich bin radioaktiv verseucht,
man meidet mich aus Furcht vor Infektion.

Aber ich werde meinen Brüdern von Dir erzählen.
Auf unseren Versammlungen werde ich Dich rühmen.
Inmitten eines großen Volkes werden meine Hymnen angestimmt.
Die Armen werden ein Festmahl halten.
Das Volk,das noch geboren wird,
unser Volk,
wird ein großes Fest feiern.

Psalm 36 (37)

Verlier nicht die Geduld, wenn du siehst, wie sie Millionen machen.
Ihre Aktien sind wie das Heu auf den Wiesen.
Beneide nicht die Millionäre und die Kinostars,
denen die Zeitungen acht Spalten widmen,
die in Luxushotels wohnen
und in Luxusrestaurants essen;
bald wird man ihre Namen in keiner Zeitung mehr lesen,
selbst die Gelehrten werden ihre Namen nicht mehr kennen,
denn sie werden abgemäht wie das Heu auf den Wiesen.

Laß dich nicht beunruhigen von ihren Erfindungen
noch von ihrem technischen Fortschritt.
Den Führer, den du heute siehst, wirst du bald nicht mehr sehen,
du wirst ihn suchen in einem Palast –
und nicht finden.

Die neuen Führer werden Pazifisten sein
und Frieden machen.

Noch werden die Konzentrationslager vergrößert,
neue Foltern erfunden
und neue Untersuchungsmethoden.
Nachts schlafen sie nicht, sondern schmieden Pläne,
wie man uns noch mehr zertreten,
noch vollkommener ausbeuten kann.

Aber der Herr spottet ihrer,
weil Er weiß, wie bald sie ihre Macht verlieren werden.
Ihre eigenen Waffen werden sich gegen sie richten.
Ihre politischen Systeme werden vom Erdboden verschwinden
und ihre politischen Parteien nicht mehr existieren –
wertlos sind dann die Pläne ihrer Techniker.

Die Großmächte sind
wie die Blumen auf den Wiesen
und die Weltmächte
wie Rauch.

Den ganzen Tag lang spioniert man uns nach.
Die Urteile stehen schon fest,
aber der Herr liefert uns ihrer Polizei nicht aus.
Er wird nicht zulassen, daß ihre Gerichte uns verurteilen.

Überall sah ich das Bild des Diktators
– es wuchs wie ein mächtiger Baum –,
und als ich wieder vorbeikam,
war es verschwunden.
Ich suchte und fand es nicht.
Ich suchte weiter, doch es gab kein Bild mehr von ihm –
und sein Name durfte nicht mehr ausgesprochen werden.

Psalm 103 (104)

Lobe den Herrn, meine Seele!
Herr, mein Gott, Du bist groß.
    Du bist in Atomenergie gekleidet
    wie in einen Mantel.

Wie auf einer Töpferscheibe hast Du
aus einer Wirbelwolke kosmischen Staubes
die Spiralen der Milchstraße gezogen.
Unter Deinen Händen begann das Gas sich zu verdichten und
zu glühen,
so formtest Du die Sterne.
Wie Sporen oder Samen hast Du die Planeten ausgestreut
und sätest Kometen wie Blumen.
Ein rotglühendes Meer war der ganze Planet,
Eisen und rote, geschmolzene Felsen
stiegen und sanken mit den Gezeiten.

Und alles Wasser war damals noch Dampf,
dunkle Wolkendecken hüllten die Erde ein.
Und dann begann es zu regnen – Jahrhundert um Jahrhundert,
ein jahrhundertelanger Regen fiel auf steinerne Kontinente.

Äonen später entstanden die Meere,
tauchten Gebirge auf
(die Erde war schwanger).
Und die Berge wuchsen wie große Tiere,
aber das Wasser zernagte sie;
als Ruinenberge blieben sie liegen,
Trümmer aus jenen Zeiten.

Das Zusammenspiel von Wasser und Licht erzeugte das erste Molekül,
die erste Bakterie teilte sich.
Im Prä-Kambrium erschien die erste glasige Alge,
von Sonnenenergie ernährt.
Durchsichtige Geißeltierchen,
Kristallglöckchen ähnlich oder Blumen aus Gelatine,
bewegten sich und pflanzten sich fort
(das ist der Ursprung von allem, was heute lebt).

Danach kamen die ersten Schwämme,
plastisch wie Medusen,
Polypen mit Mund und Magen;
darauf die ersten Weichtiere
und die ersten Stacheltiere: Seesterne und Seeigel.
Im frühen Kambrium bedeckten Schwämme den Meeresboden
und bauten Felsenriffe von Pol zu Pol.
Im mittleren Kambrium starben sie alle,
aber dann erblühten die ersten Korallen
und bauten auf dem Meeresgrund rote Wolkenkratzer.
In den Gewässern des Silurs
tauchten die ersten Scherentiere auf: Seeskorpione,
und im späteren Silur der erste Raubfisch,
ein winziger Hai (der hatte schon eine Kinnlade).
Im Devon wuchs das Seegras zu Bäumen auf
und lernte atmen,
verstreute seine Sporen und wuchs zu Wäldern;
seitdem gibt es Stengel und Blätter.
Dann kamen die ersten einfachen Tiere an Land,

Skorpione und Spinnen entflohen dem Meer;
mit ihren Flossen erschienen die ersten Amphibien,
und die Flossen wurden zu Füßen.
Weiche, fleischige Bäume wuchsen in den Sümpfen des Paläozoikums.
Es gab noch keine Blumen,

da gab es schon Insekten,
entstanden Dinosaurier und Vögel.
Und die ersten Blumen wurden von den ersten Bienen besucht.
Im Mesozoikum gab es die ersten Säugetiere,
winzig und warmblütig,
die ihre jungen lebend gebaren und säugten.
Im Eozän erschienen Lemuren, die auf Bäumen lebten,
und die ersten Tarsier mit Stereoskop-Augen wie der Mensch.
Und zu Anfang des Quartärs erschufst Du den Menschen.

Du gibst dem weißen Bären seinen eisfarbenen Anzug
und dem Polarfuchs das schneeweiße Fell.
Das Wiesel färbst Du im Sommer braun und im Winter weiß,
Der Gottesanbeterin gibst Du ihr Tarnkleid,
und die Schmetterlinge tarnst Du mit Blumenfarben.

Du lehrst die Biber, ihre Dämme aus Stäben
und ihre Häuser auf dem Wasser zu bauen.
Die Baumgrille fliegt und singt und kennt ihre Nahrung
von Geburt an,
und die Wespe versteht's, Baumstämme anzubohren,
um ihre Eier abzulegen.
Die Spinne webt ihr Netz;
wenn die Störche aus dem Ei schlüpfen,
wissen sie, wo Ñorden und wo Süden ist;
sie brauchen keinen Reiseführer auf ihrem Flug nach Norden.
Dem Leoparden gibst Du Schnelligkeit,
dem Baumfrosch Saugnäpfe
und dem Nachtfalter einen Geruchssinn,
der den Duft des Weibchens wahrnimmt in der Nacht
über gut zwei Meilen hin.
Du gibst dem Krustentier Leuchtorgane,
den Tiefseefischen Teleskop-Augen
und den Zitterfischen elektrische Batterien.

Du hast den Befruchtungsvorgang der Blumen erfunden;
Du gibst dem Samen Flügel, daß er im Winde fliegen kann,
und Häutchen, daß er schwebt wie Schmetterlinge.
Andere haben Haare, um im Wind zu rudern,
oder sie fallen wie Flocken,
wie Propeller,
oder gehen wie Fallschirme nieder,
oder sie schwimmen im Wasser wie Boote und suchen den Fruchtknoten.
Der Blütenstaub kennt seinen vorgeschriebenen Pfad,
und die Gewebe des Griffels beirren ihn nicht
auf seinem Weg zur weiblichen Eizelle.

Aller Augen harren auf Dich, Herr,
jedem gibst Du seine Nahrung zu seiner Zeit.

Du öffnest Deine Hände und schüttest Deinen Segen über alle
Tiere aus.
Dem bescheidenen Ruderfußkrebs gibst Du seine Kieselalge.
Die Seeanemonen verlangen ihre Nahrung von Dir
(grausame, gefräßige Pflanzen),
und Du gewährst sie ihnen.
Mit ihren hungrigen Fangarmen
verlangt auch die durchsichtige Nereide ihre Nahrung von Dir.
Seegras und Krabben gibst Du dem Tauchervogel und seinen Kindern,
und dem Meeresstrandläufer gibst Du zarte Weichtiere.

Die Sperlinge haben weder Kornkammern noch Traktoren,
du aber gibst ihnen die Körner, die auf die Straße fallen,
wenn die Lastwagen zu den Silos fahren.
Dem Kolibri gibst Du den Nektar der Blumen,
weichen Reis dem Reisvogel
und Fische dem Eisvogel und seiner Gefährtin.
Die Möwen finden jeden Tag ihre Fische
und die Eule jede Nacht ihre Frösche und Mäuse.

Du bereitest dem Kuckuck sein Mahl
aus Raupen und haarigen Würmern,
Du gibst dem Raben Grillen
und der Grille, die in ihrer Höhle singt, Insekten.
Dem Specht gibst Du kleine rote Früchte,
viel mehr, als er zu essen vermag.
Das gestreifte Eichhörnchen hält seinen Winterschlaf,
und wenn es aufwacht, liegen seine Vorräte immer noch bereit.
Du läßt die Frühlingsblumen sich öffnen,
wenn die Schmetterlinge aus den Puppen kriechen.
Morgens öffnest Du die Blumen für die Tagschmetterlinge
und schließt sie abends, wenn sie schlafen gehen,
und wieder andere öffnest Du des Abends für die Nachtfalter,
die in dunklen Ecken den Tag verschlafen
und erst wieder ausfliegen, wenn der Abend dämmert.
Und an demselben Tag,
an dem Du die Hummel aus dem Winterschlaf weckst,
öffnest Du die Blüten der Weiden.

Ich werde den Herrn preisen, solange ich lebe –
ich werde Ihm Psalmen schreiben –
mögen meine Lieder ihm Freude machen.
Lobe den Herrn, meine Seele,
Halleluja!

Psalm 136 (137)

An den Wassern von Babylon
sitzen wir und weinen,
wenn wir an Zion denken.
Wir sehen die Wolkenkratzer von Babylon,
die Lichter, die sich im Wasser spiegeln,
die Lichter der Nachtklubs und der Bars von Babylon.
Wir hören ihre Musik –
und weinen.

An die Weidenbäume am Ufer
haben wir unsere Zithern gehängt,
an die Trauerweiden –
und wir weinen.

Die uns gefangennahmen,
wollen, daß wir für sie singen:
Heimatlieder,
Volkslieder aus Zion.
Aber wie sollen wir im fremden Land
Zions Lieder singen?

Verdorren soll mir die Zunge,
zerfressen der Krebs den Mund,
wenn ich dich vergesse,
Jerusalem,
wenn du, Jerusalem, mir nicht lieber wärst
als alle ihre Freuden
und Feste.

Babel – mit Bomben schwer bewaffnet!
Zerstörerin!
Selig, wer deine Kinder ergreift
– die Kreaturen deiner Laboratorien –
und sie an einem Felsen zerschmettert!

Psalm 148

Lobet den Herrn
ihr Nebelflecke, Staubkörnchen gleich auf der Fotoplatte.
Lobet den Herrn
Sirius und seine Gefährtin,
Arktur, Aldebaran und Antares.
Lobet den Herrn
ihr Meteoriten,
elliptische Bahnen der Kometen
und künstliche Planeten.
Lobet den Herrn
Atmosphäre und Stratosphäre,
Röntgenstrahlen und Hertzsche Wellen.
Leber den Herrn
Atome und Moleküle,
Protonen und Elektronen,
Protozoen und Radiolarien.
Lobet den Herrn
Walfische und Atom-U-Boote.
Lobet den Herrn
Vögel und Flugzeuge.
Lobet den Herrn
sechseckige Schneekristalle
und smaragdene Prismen des Kupfersulfats
unterm Elektronenmikroskop,
fluoreszierende Blumen auf dem Meeresgrund,
Kieselalgen, diamantenem Halsband gleich,
Diadem der Antillen,
Anurida maritima und Ligia exotica.
Lobet den Herrn
Wendekreis des Krebses und nördlicher Polarkreis,
Stürme des Nordatlantik und der Humboldtstraße,

ihr dunklen Urwälder des Amazonas,
und ihr, Südseeinseln,
Vulkane und Lagunen,
und du, Mond der Karibischen Inseln,
hinter den Silhouetten der Palmen.
Lobet den Herrn
ihr demokratischen Republiken und Vereinten Nationen.
Lobet den Herrn
ihr Polizisten, Studenten und hübschen Mädchen.
Sein Ruhm übertrifft Himmel und Erde,
Teleskope und Mikroskope.
Er hat sein Volk groß gemacht
und Israel zu seinem Verbündeten.
Halleluja!

Gebet für Marilyn Monroe

Herr,
nimm dieses Mädchen auf, das die ganze Welt kannte als Marilyn Monroe,
obwohl dies nicht ihr wirklicher Name war,
(doch Du kennst ihren Namen, den Namen des Waisenkindes,
das vergewaltigt wurde mit 9 Jahren,
den Namen der kleinen Verkäuferin, die mit 16 versuchte,
ihrem Leben ein Ende zu machen)
dieses Mädchen, das jetzt vor Dir steht, ohne jedes Make-up,
ohne ihren Manager,
ohne Fotografen, ohne Autogramme zu geben,
einsam wie ein Astronaut vor der Nacht des Universums.

Als Kind träumte sie, daß sie nackt in einer Kirche stand,
(so stand's in der Time)
vor einer knienden Menge, die Köpfe geneigt bis zur Erde,
und sie mußte auf Zehenspitzen gehen, um die Köpfe nicht zu zertreten
Du kennst unsere Träume besser als alle Psychiater.
Kirche, Haus, Höhle – das bedeutet Sicherheit
des mütterlichen Schoßes, aber doch auch mehr als das …
Die Köpfe sind die Bewunderer, das ist klar,
(die Masse der Köpfe in der Dunkelheit, erhellt von einem Lichtstrahl)
doch der Tempel ist keins der Studios der 20th Century-Fox.
Der Tempel – Heiligtum aus Marmor und Gold – ist der Tempel
ihres Körpers.
Und dort steht der Menschensohn mit einer Peitsche in der Hand
und treibt sie aus, die Händler der 20th Century,
die Dein Bethaus zu einer Räuberhöhle machten.

Herr,
in dieser Welt, die verseucht ist von Sünde und Radioaktivität
sprichst Du eine kleine Verkäuferin nicht schuldig,
die wie alle kleinen Verkäuferinnen davon träumte, ein Filmstar zu sein.
Ihr Traum wurde Wirklichkeit (doch eine Wirklichkeit in Technicolor).
Sie agierte nur nach dem Drehbuch, das wir ihr gaben
– das Drehbuch unseres eigenen Lebens – es war ein absurdes Script.
Vergib ihr, Herr, und vergib uns allen unser 20th Century,
diese Kolossal-Superproduktion, an der wir alle Anteil haben.

Sie hungerte nach Liebe, und wir boten ihr Beruhigungsmittel.
Gegen die Traurigkeit, nicht heilig zu sein,
empfahl man die Psychoanalyse.
Denk, Herr, an ihre wachsende Angst vor der Kamera,
an ihren Haß auf die Schminke – und sie schminkte sich für jede Szene –
und wie ihr Entsetzen immer größer wurde
und wie sie immer unpünktlicher in den Studios erschien.

Wie jede kleine Verkäuferin
träumte sie davon, ein Filmstar zu sein.
Und ihr Leben war irreal wie ein Traum, den der Psychiater analysiert
und zu den Akten legt.
Ihre Liebesabenteuer waren wie ein Kuß mit geschlossenen Augen
– und wenn man die Augen öffnet, merkt man,
daß es nur ein Filmkuß war.
Und dann löschen sie die Scheinwerfer!
und demontieren die zwei einzigen Wände der Filmwohnung
(es war ein kinematografischer Set)
und der Regisseur geht mit dem Drehbuch davon,
denn die Szene ist abgedreht.
Oder wie eine Fahrt auf einer Yacht, ein Kuß in Singapur, ein Tanz
in Rio,

der Empfang im Landhaus des Herzogs und der Herzogin von Windsor
– all das betrachtet in einem schäbig möblierten Zimmer.
Der Film ist aus – doch ohne Happy-End.
Man fand sie tot, den Hörer in der Hand.
Und die Detektive wußten nicht, mit wem sie sprechen wollte.
Es war
wie wenn jemand die Nummer der einzigen Freundesstimme
gewählt hat
und eine Stimme vom Tonband hört, die schnarrt: WRONG NUMBER,
oder wie wenn jemand getroffen von der Kugel der Gangster
die Hand ausstreckt nach einem Telefon, das nicht angeschlossen ist.

Herr,
wer es auch sei, den sie anrufen wollte
und nicht erreichte (vielleicht war es auch niemand
oder jemand, dessen Nummer nicht im Telefonbuch von
Los Angeles steht)
nimm Du den Hörer ab!

»Die preiswertesten Paradiese in der Karibischen See …«

Das Paradies ist nicht in Paria
wie Herr Christoph Columbus geglaubt hat
… schöne Landstriche, so hübsch und grün
wie die Gärten Valencias im März …
… mildes Klima und das Land und die Bäume
wie im April die Gärten Valencias …
Das Paradies ist auch nicht
in Antigua, wo die Temperatur nicht über 80° steigt,
und wo das Baden fast vollkommen ist, und wo es Elektrizität gibt
und keine Malaria, und wo drei Golfplätze sind.
Das Paradies ist auch nicht in Granada ohne Tropenkrankheiten,
ohne Orkane, mit Tennis und Golfplatz und einem Nightclub.
Es ist auch nicht in Santa Lucía
Paradies der Maler und Fotografen
auch nicht auf der Isla del Caimán (ohne Einkommenssteuer)
wo sie noch nach einem Piratenschatz suchen
und für $ 6,– pro Tag in einem Hotel wohnen können.
Nein. Man kommt nicht dahin mit Reisegesellschaften.
Du sagst seit dem Kreuzweg:
»heute noch wirst du mit mir im Paradies sein …«
Und das ist nicht Tobago
nur 7 Stunden von New York entfernt
Ein tropisches Paradies mit mässigen Preisen
wo ein Paar mit $ 2.000 im Jahr leben kann
in einem Bungalow am Meer, mit Elektrizität und Radio,
zwischen Mangobäumen Kokospalmen Guavas exotischen Blumen
und der Rum ist billig, und man braucht nicht viel Kleidung,
weil man in Shorts und im Sporthemd lebt.
Das Paradies, das sind auch nicht die Jungferninseln (engl.),
»ein perfektes Paradies,
wenn es nicht so unbequem wäre, weil da kein Zahnarzt ist«.

Aber das Paradies, das ich kenne,
ist nicht das der Reisegesellschaften.
Da, wo wir beide sind, ist das Paradies.

Foto

Die Gesichter, die hier lachen, auf diesen vergilbten Fotos,
vor dem Hintergrund verschwommener Wellen und
verschwommener Felsen,
wo lachen sie jetzt? – wenn sie noch lachen?
Manche sind weit fort. Die Mädchen sind alt.
Mauricio ist schon tot. Nur dies Meer ist dasselbe.
Nur die Wellen haben sich nicht verändert:
da sind die »Felsen der Verlobten«,
und noch immer brechen sich dort dieselben kalten Wellen.

Apokalypse

UND SIEHE
ich sah einen Engel
(all seine Zellen waren elektronische Augen)
und ich hörte eine Stimme mit Überschall
die zu mir sprach: Nimm deine Schreibmaschine und schreibe
und ich sah ein silbernes Projektil das flog
und es flog von Europa nach Amerika in 20 Minuten
und der Name des Projektils war Wasserstoffbombe
(und die Hölle begleitete es)
und ich sah einen fliegenden Teller vom Himmel fallen
Und die Seismographen verzeichneten ein großes Erdbeben
und auf die Erde fielen alle künstlichen Planeten
und der Präsident des Nationalrats für Strahlung
der Direktor der Kommission für Atomenergie
der Verteidigungsminister
alle hatten sich in ihren Höhlen versteckt
und der erste Engel blies die Alarmsirene
und es regnete vom Himmel Stronzium 90
Caesium 137
Kohle 14
und der zweite Engel blies die Sirene
und jedes Trommelfell platzte im Umkreis von 300 Meilen
durch das Krachen der Explosion
und jede Netzhaut verbrannte auf die das Licht der Explosion gefallen war
im Umkreis von 300 Meilen
und die Hitze im Zentrum war wie die der Sonne
und der Stahl das Eisen das Glas der Beton verdampften
und fielen nieder verwandelt in radioaktiven Regen
und ein Sturm brach los mit der Stärke des Hurrican Flora
und 3 Millionen Autos und Lastwagen flogen durch die Lüfte
und zerschellten an den Gebäuden explodierten wie Molotow-Cocktails

und der dritte Engel blies die Alarmsirene
und ich sah einen Pilz über New York
und einen Pilz über Moskau
und einen Pilz über London
und einen Pilz über Peking
(und Hiroshimas Schicksal war zu beneiden)
Und alle Geschäfte und alle Museen und Bibliotheken
und alle Schönheit der Erde
verdampften
und sie waren von da an Teil der Wolke aus radioaktiven Partikeln
die über dem Planet schwebte und ihn vergiftete
und der radioaktive Regen brachte einigen Leukämie
und anderen Lungenkrebs
und Knochenkrebs
und Unterleibskrebs
und die Kinder wurden geboren mit grauem Star in den Augen
und die Gene waren geschädigt für 22 Generationen
– und das war der 45-Minuten-Krieg –
7 Engel
hielten Becher aus Rauch in den Händen
(und der Rauch hatte die Form eines Pilzes)
und ich sah den ersten den großen Becher erheben über Hiroshima
(wie einen Eisbecher wie vergiftetes Eis)
und ein bösartiges Geschwür erschien
und der zweite goß seinen Becher über das Meer
und das ganze Meer wurde radioaktiv
und alle Fische starben
und der dritte vergoß einen Becher mit Neutron
und es war ihm gegeben die Menschen zu versengen mit einem Feuer
wie das der Sonne
und der vierte vergoß seinen Becher der von Kobalt war
und es war ihm gegeben Babylon den Pokal zu reichen mit dem Wein
des Zorns
und eine Stimme rief: Werft das Doppelte an Megatonnen das sie warf!

Und der Engel der den Knopf dieser Bombe hielt drückte den Knopf
Und sie sprachen zu mir: Du hast ja noch nicht die Typhusbombe
gesehen und die Q-Fieber-Bombe
Ich schaute weiter die nächtliche Vision
und ich sah in meiner Vision wie im Fernsehen
daß aus den Massen herauswuchs
eine Maschine
schrecklich und überaus fürchterlich
und sie war wie ein Bär wie ein Adler wie ein Löwe mit Flugzeugflügeln
mit vielen Propellern und voller Antennen und ihre Augen waren
Radargeräte
und ihr Gehirn war ein Computer der die Nummer der Bestie
errechnete
und hinausbrüllte über viele Mikrophone
und der den Menschen Befehle gab
und alle Menschen fürchteten die Maschine
ich sah auch in der Vision die Flugzeuge
Flugzeuge schneller als der Schall mit Bomben von 50 Megatonnen
und kein Pilot lenkte sie und nur die Maschine hatte sie in der Gewalt
und sie flogen in Richtung auf alle Städte der Erde
und sie zielten auf alle
Und es sprach der Engel: Kannst du sehen wo Columbus Circle war?
Und das Gebäude der Vereinten Nationen?
Und wo Columbus Circle war
sah ich nur eine Grube so groß wie ein 50stöckiges Haus
und wo das Gebäude der Vereinten Nationen war
sah ich nur einen grauen Abhang bedeckt mit Moos und mit
Entendreck
und weiter fort Felsen schaumbedeckt und schreiende Möwen
Und am Himmel sah ich ein großes Licht
gleich der Explosion einer Million Megatonnen
und ich vernahm eine Stimme die zu mir sprach: Nimm dieses Radio
und ich nahm das Radio und ich hörte:

Babylon ist gefallen
Das Grosse Babylon ist gefallen
und alle Radios dieser Welt brachten dieselbe Nachricht
Und der Engel gab mir einen Scheck der National City Bank
und er sprach zu mir: Löse diesen Scheck ein
und keine Bank löste ihn ein weil alle Banken bankrott gemacht hatten
Die Wolkenkratzer schienen nie dagewesen zu sein
Eine Million Brände entstanden zur gleichen Zeit und da war kein
Feuerwehrmann
und da war kein Telefon um den Krankenwagen zu rufen und da war
kein Krankenwagen
und für die Verletzten einer einzigen Stadt gab es in der ganzen Welt
nicht genügend Plasma
Und ich vernahm eine andere Stimme vom Himmel die sprach:
Geh fort mein Volk
damit dich nicht infizieren die Radioaktivität
und dich die Mikroben nicht erreichen
die Antrax-Bombe die Cholera-Bombe
die Diphtherie-Bombe
die Tularemie-Bombe
Im Fernsehen wird man das riesige Unglück sehen
weil auf Babylon schon die Bombe gefallen ist
und man wird sagen: Oh die Geliebte Stadt
die Piloten werden sie sehen vom Flugzeug aus und werden ihre
Nähe fürchten
die Überseedampfer werden in großem Abstand ankern
aus Furcht die atomare Lepra könne über sie herfallen
Und auf allen Wellenbereichen vernahm man eine Stimme die sprach:
ALLELUJA
Und der Engel führte mich in die Wildnis
und in der Wildnis blühten Laboratorien
und dort machte der Teufel seine atomaren Versuche
und ich sah die Große Hure auf der Bestie sitzen
(die Bestie war eine technologische Bestie übersät mit Slogans)

und die Hure ergriff alle Arten von Schecks und Gutscheinen und Aktien
und Geschäftspapieren
und sie war betrunken und sang mit ihrer Nuttenstimme
wie in einem Nightclub
und in der linken Hand hielt sie einen Becher voll Blut
und sie betrank sich mit dem Blut aller für die sie gebüßt hatte
und alle jener die verurteilt worden waren von Kriegsgerichten
und aller die man an die Wand gestellt hatte
und aller Widerständler der Erde
und aller Märtyrer Jesu
und sie lachte mit ihren Zähnen von Gold
und der lipstick auf ihren Lippen war Blut
und der Engel sprach zu mir: diese Häupter die du dort an der
Bestie siehst
das sind die Diktatoren
und jene Hörner das sind Führer von Revolutionen die noch nicht
Diktatoren sind
aber sie werden es später sein
und sie werden gegen das Lamm kämpfen
und das Lamm wird sie besiegen
Er sprach zu mir: Die Nationen der Welt sind geteilt in 2 Blöcke
– Gog und Magog –
doch die 2 Blöcke sind in Wirklichkeit ein Block
(der gegen das Lamm ist)
und vom Himmel wird Feuer fallen und sie verschlingen
Und ich sah in der Biologie der Erde eine neue Evolution
Es war als sei im Weltall ein neuer Planet aufgetaucht
Der Tod und die Hölle wurden ins Meer des nuklearen
Feuers geschleudert
die Massen existierten schon lange nicht mehr
und ich sah eine neue Art geschaffen aus Evolution
die Art bestand nicht aus Individuen
sie war ein einziger Organismus
bestehend aus Menschen statt Zellen

und alle Biologen erstaunten sehr
Doch die Menschen waren frei und diese Einheit von Menschen war
eine Person
– und keine Maschine –
und die Soziologen waren verblüfft
Und die Menschen die nicht dieser Art angehörten
waren gleich Fossilien
und der Organismus umfaßte den ganzen Erdkreis
und er war rund wie eine Zelle (aber ihre Dimensionen waren
planetarisch)
und die Zelle war geschmückt wie die Braut die auf den
Bräutigam wartet
und die Erde war fröhlich
(als feiere die erste Zelle ihre Hochzeit)
und da war ein Neuer Gesang
und all die andern bewohnten Planeten hörten die Erde singen
und es war ein Lied der Liebe

Ein Ort namens Harmonie

Er fuhr langsam, weil er zu früh war
und sie fuhr schnell, weil sie zu spät war.

Er fuhr auf der einen Straße und sie auf der anderen,
und an dem Schnittpunkt der beiden Straßen
stießen ihre Wagen zusammen (man nannte den Ort »Harmonie«).

Der Polizist sagte, die Wahrscheinlichkeit für den Unfall
sei »eins zu einer Million« gewesen,
denn die Straßen seien an dieser Stelle
          sehr breit,
und die Fahrer der beiden Wagen
hätten sich sehr genau sehen müssen,
»es sei denn, sie waren abgelenkt
und in Gedanken an dem Ort, zu dem jeder von ihnen fuhr«.

Aber der Polizist wußte nicht, daß die beiden
     verabredet waren,
und daß die Wagen, die zusammenstießen,
     zum gleichen Ort fuhren.
Doch der Zufall war noch größer, als
     der Polizist glaubte:
nicht eins zu einer Million oder zu einer Billion,
sondern zu einer unendlichen Zahl von Wahrscheinlichkeiten.
Oder besser noch, es gab weder Zufall noch Wahrscheinlichkeit,
und es hatte genauso geschehen müssen:
er und sie hatten sich verabredet,
ihre Uhren verglichen,
und kamen pünktlich zu ihrer Verabredung.

Das ist alles.

Das Tal von Cuernavaca, vom Kloster aus gesehen

Nach dem Regen
ist die Luft im Tal klarer
der Rauch der Hütten weißer
von tiefem Blau sind die Vulkane
und die Glocken klingen heller.

Auf dem steinigen Weg
ein barfüßiger Junge
mit ein paar Kühen.

Auf blauen Bergen tiefblaue Schatten:
die Schatten ihrer Falten
oder der Wolken
(Und auf der Telefonleitung ein
rotes Vögelchen).

Rauch steigt auf
von den Hütten in den Maisfeldern
und über der Ziegelei.
In der Ferne am Fuß der Berge eine Fabrik
ihr Rauch steigt höher noch.
Und über der blaudunstigen Ebene
die Rauchschwaden eines Zuges und sein endloses Pfeifen.

Die Geräusche der Autos, wenn sie beschleunigen
und der Busse auf der Landstraße.
Und das Tock Tock des Steinmetz
wenn er den Fels behaut.
Dort hinten: keucht ein Lastzug
die Anhöhe herauf.

Ziegen kommen vorbei mit ihren Glöckchen,
und in der Luft bleibt leicht
der warme Geruch von Ziegen zurück
und von Ziegenmilch.

Die Vögel zwitschern,
und in Sante Maria de Ahuacatitlán
läuten die Glocken.

Die untergehende Sonne vergoldet den Teposteco
und taucht den schneebedeckten Gipfel des Popo in rotes Licht
Ice-cream-Rosa wie Erdbeereis.

Der Mond geht auf hinter dem Popocatépetl
(Ein Mond zart wie eine Wolke
und eine Wolke über dem Popocatépetl von der Zartheit des Mondes)

In der Ferne flimmern die Lichter von Cuernavaca,
und ganz weit hinten die von Cautla, fast schon am Himmel;
winzig und dicht gedrängt, ganz nah bei den Sternen.
Ein Radio spielt ein mexikanisches Volkslied.
Millionen von Grillen zirpen auf der Weide.
Zirpen und verstummen und zirpen aufs neue.
Schlafen die Grillen denn niemals?
Und die Leuchtkäfer
funkeln wie Sterne, wie Cautla
und wie Cuernavaca.

Die Sirene eines Zuges heult in der Ferne. Heult
in der Nacht.
Heult traurig dreimal.
Es ist die alte Bahn nach Mexico.
Sie gleicht einem einsamen Vogel,
der einen Freund ruft, den es nicht gibt.

Nindirí

Nindirí ist ein Dorf ohne Häuser und ohne Straßen.
Von weitem sieht man nur die Wipfel der Bäume.
An Stelle von Häuserreihen gibt es hier Gärten mit Blumen und Gemüse,
und Straßen ohne Gehsteige, wie symmetrische Wege,
zwischen Fassaden aus Blumen und Bäumen mit tropischen Früchten.
Die Häuser liegen versteckt in den Gärten.
Immer nur ein paar in jedem Viertel, Häuser aus Stroh
oder aus Holz – weiß, rosa und blau gestrichen –
zwischen roten und dunkelvioletten Sommerblumen,
rosafarbenen und weißen Primorosas,
Jasminen, Mameyes, Malinches und Guaven,
und rosafarbenen und weißen Wäschestücken auf der Leine.
Im Geäst der Bäume schwatzen Papageien, einige grün wie das Laub,
andere bunt wie Blumensträuße.
Die nassen Straßen sind mit Blütenblättern übersäht.
Hier gibt es keinen Verkehr, nur den der Hühner,
der Schmetterlinge, herbeigelockt von Nindirí,
es gibt die Karren der Wasserverkäufer.
Gegen Abend dringt aus den Hütten der Rauch des Nachtessens,
und man hört die Frauen den Mais mahlen,
hört das Klatschen der Fladen in ihren Händen, und hört eine Gitarre.

(In einem dieser Gärten zwischen den Malinche-Bäumen
hat wahrscheinlich der Häuptling Tenderi seinen Palast besessen,
seinen goldenen Palast aus Stroh, die Böden mit Strohmatten bedeckt,
wo er inmitten seines Hofstaates saß,
und heiße Schokolade aus reich geschnitzten Kürbisbechern trank
und fünfzig Mädchen waren mit der Zubereitung von Maisfladen beschäftigt.)

Der Marktplatz gleicht einem Hain von Palmen und Mangos
und Malinches, die in ihrer Blüte leuchten wie Feuer,
als stünde das ganze Dorf in Flammen.
Pferde und Esel weiden auf dem Marktplatz.
Und ich weiß noch, daß sich mitten an der Kirchenfront
eine weißblühende Primorosa hochrankte.
An Samstagen wurden an jenen Häusern rote Fahnen ausgehängt,
wo man Schweine geschlachtet hatte und Nacatamales verkaufte.

Und plötzlich fällt mir ein, daß wir Juni haben,
und daß dort in Nindirí schon der erste Regen gefallen ist,
und ich sehe den Marktplatz vor mir, wo die Malinches blühen.

Die Nacht

Die finstere Nacht der Seele (oder Nichts!)
die Nacht ohne Mond oder manchmal mit
im inneren Vakuum: die Aktiengesellschaft.
Vollkommenes Vakuum, um *alles* zu besitzen.
Finstere Nacht der Küsse; man sieht das Licht
wie einen Nebel in dieser Nacht.
In Schlaf und Vergessen ohne zu wissen wie,
Geschmack der Liebe, ohne zu erkennen und zu verstehen.
Nacht. Das Nachtmahl, das wiederholt wird, das fesselt.

Und du, was möchtest denn du? Du-Pont-Aktie?
Einen Tanz mit Miß Brasilien oder Miß Schweden?
Im wunderbar luxuriös-bequemen Ford 67
Ford Galaxie XI feuerrot
nachts die Lichter der großen Stadt als Hintergrund
und Sie und Er lehnen an der Karosserie
Er im schwarzen Smoking und Sie mit Orchidee
(sein Dessin ist eindrucksvoll, neu … clever und elegant
Besuchen Sie Ihren Ford-Vertreter)?
Oder der gelbe Pontiac auf dem grünen Rasen
und neben ihm das ewige Picknick
und Sie mit karierter Bluse auf dem Deck einer Jacht
schwarze Brille und sonniges Lächeln
Haare im Wind und blaugrün das Wasser?
Aber weißt du, daß es Sie gar nicht gibt? Es gibt Sie nicht.
Geschminkte Dirne. Publizität!

Oder der Jet-Clipper der Panamerican schneeweiß im blauen Himmel.
Das Königsschloß (chromfarben) in den bayrischen Alpen.
Oder mit Palmen im Vordergrund der Strand von Tahiti.
Und der Ort, den du in Träumen gesehen

und den zu besuchen du nie auch nur hoffen konntest?
»Beraten Sie sich mit ihrem Reisefachmann.«
Oder der Ausflug an einen Strand Kaliforniens
und Sie und Er sehr glücklich am Meer
den Picknickkorb tragend.
Geschminkte Dirne! Es gibt Sie nicht.

Eine Du-Pont-Aktie? Warum nicht Du-Pont-Direktor sein?
Dein Haus dann mit 14 Gärten und Du-Pont-Schwammtöter
14-Zimmer-Haus voller Antiquitäten (Villa in Georgien)
Ferien in Honolulu. Riviera.
Hobbies: Lachsfischen in Schottland, Safari in Afrika
Pokale, von Pferden und Hunden gewonnen.
Dein Du Pont erfand das Nylon
zuvor das Cellophan
doch ganz zuvor wurde er mit Schießpulver reich
(40 Prozent des Schießpulvers der Alliierten im 1. Weltkrieg)
und über uns allezeit die Düsenflugzeuge voll Bomben
    Maschinen, die mit anderen Maschinen sprechen
    klimatisierte Häuser für Hunde
    im Fernsehapparat der ermordete Präsident
    Säuglinge, von Napalm-Bomben getötet.
Und die ausdruckslosen Gesichter der U-Bahn, ausdruckslos geworden
                                        durch die Schrecken der Büros
durch den täglichen Schreck im Radio, in der Television.
Eine Bombe in Argelien.
Und nachts zuweilen und tief in der Seele
auch wenn wir's nicht eingestehen, sehen wir Dracula.
    »Charakterunvereinbarkeit«
    Unvereinbarkeit der Liebe.
Und die kommerziellen Reklamen preisen die Frau an.
Und in jeder Nacht, während wir schlafen, kreisen die Düsenflugzeuge
kreist Superman im nächtlichen Himmel
und man sagt uns, die Bomben sind da,

um nicht mehr gebraucht zu werden.
Und du kaufst das Produkt, das du kaufen mußt
denkst, wie man dir sagt, daß du denken sollst
antwortest auf alle Umfragen
und hörst die Schallplattenstimme
die Stimme des Radios, die dir befiehlt.
Werden wir rebellieren? Werden wir Fenster einschlagen?
Sollen wir Pflastersteine in die Schaufenster werfen?
Können wir uns auf diese Weise befreien?
Wie Halbstarke im gestohlenen Wagen
auf Autobahnen, von Reklamen frankiert
(sie glauben an alle Reklamen, die sie lesen, sie glauben an Marken
und lieben die neuesten Wagen)?
Lieber wie die Heiligen Beatniks
Zen Cool Jazz Bärte Sandalen
stets mitAuto-Stopp unterwegs in neue Städte
ohne Ideologie, auf denen ihr Kopf ausruhen kann
Müllsammler, Schneeschaufler – die freiwillige Armut.
Arm inmitten des Wohlstands.
Um Almosen bitten mit einer Gitarre an der Insurgentes
oder einen Liter Blut für ein Mittagessen verkaufen.
Und Zeitungen haben sie nicht und sehen kein Fernsehen an
gehören zu keiner politischen Partei.
Die Füchse und Herodesse haben ihre Höhlen
aber des Menschen Sohn hat nicht, wo er sein Haupt hinlegen könnte.
Ausgetreten sind sie aus der Zivilisation. Und noch immer
der Schreck auf ihren Gesichtern (wie einer, der im Bahnhof aus
dem Expreßzug sprang ohne zu wissen wohin).
Aber sie sind eher Frage
auch ihre Kleidung
mehr eine Frage, an die Menschen gerichtet
als Antwort.
Und die LSD-Visionen
sind nicht die Vision

sind eher
phantastische Neonvisionen
	– Produkte der Apotheke –
oder einem neuerfundenen Kunststoff vergleichbar.
Visionen, wie sie Gangster oder Du Pont verkaufen.
Und einsam sind sie, haltlos in ihrer Nacht
die die Nacht eines expandierenden Weltalls ist
wie jemand, der in der Zeitung eine Annonce aufgibt:
»Wünsche Briefwechsel mit Fräulein von 18–23 Jahren … Postfach …«
oder »Wünsche Briefwechsel mit Herrn …«
oder wie einer, der mittels elektronischer Rechenmaschine einen
Briefpartner sucht
der dieselbe Sprache spricht und den gleichen Geschmack hat.
Und glaubten sie, die Unendlichkeit geküßt zu haben
leuchtet ihren Küssen das Neonlicht der General Electric.
Schwester Josefa del Castillo y Guevara, die Nadaistin
Oder Fernando Gonzalez, der zu Gonzalo Arango sagte:
»Wähle dein Kreuz.«
Und:
»Wenn sie sich lossagen von der Welt, von ihrer Welt,
ohne sich doch aus ihr zu lösen.«
Die finstere Nacht der Seele, oder Nichts.
Etwas wie im Dunkeln bleiben und ohne etwas.
Dunkle Nacht der Küsse. Geliebter, Geliebte.
Das Licht wie Nebel in dieser Nacht. Und Nichts.
Leise Musik, aber nicht von Nylonsaiten.

Strophen beim Tode Mertons
1970

Unsere Leben sind Flüsse
die zum Tode führen
der Leben bedeutet
Dein Tod ist eigentlich lustiger, Merton
          (oder absurd wie ein Koan)
dein Tod Marke General Electric
Und die Leiche nach USA in einem Flugzeug der Army
          mit deinem dir so eigenen Humor hättest du gelacht
siehst du Merton totgelacht auch ohne Leiche
auch ich
Die Eingeweihten des Dyonisos pflanzten Efeu …
          (ich kannte es nicht)
Heute tippe ich mit Freude dies Wort Tod
Sterben ist nicht wie der Zusammenstoß mit einem Auto
          oder wie ein Kurzschluß
     wir sind ein Leben lang gestorben
Ist es in unserem Leben
     wie der Wurm im Apfel? Nicht
wie der Wurm sondern wie
die Reife!
Oder so, wie die Mangos in diesem Sommer auf Solentiname
gelb werden, wie sie warten
auf die Goldamseln …
               die hors d'oeuvres
gab es nicht in den Restaurants
wie angekündigt in den Zeitschriften
noch war der Vers so gut wie wir wollten
oder der Kuß.
Unsere Wünsche waren immer jenseits aller Wünsche.
Wir sind Somozas, die immer mehr Landgüter wollen

More More More
und nicht nur mehr, auch noch etwas »anderes«
Die Hochzeit des Wunsches
der Koitus des perfekten Wollens ist der Akt des Todes.
Wir wandeln zwischen den Dingen als hätten wir
ein Schreibheft verloren
das sehr wichtig war.
Wir fahren mit dem Fahrstuhl hinauf und hinunter.
Wir gehen in Supermärkte, in Läden
wie alle Leute, suchen nach einer Ware,
die sehr bedeutend ist.
Wir leben als warteten wir auf unendliche
Rendezvous. Oder darauf,
daß uns im Telefon anspricht
das Unaussprechliche.
Und wir sind allein
unsterblicher Weizen, der nicht stirbt, wir sind allein.
Wir träumen in Liegestühlen auf Deck
betrachten das Meer, das die Farbe von Daikirí hat,
hoffen, daß jemand vorübergeht und uns zulacht und Hallo sagt
Nicht Schlafen sondern Wachen.
Wir gehen mitten durch den Verkehr wie Schlafwandler
beachten die Ampeln nicht
mit offenen Augen und schlafend
nippen an einem Manhattan und schlafen
Nicht Schlaf
das Wachen ist Abbild des Todes
der Erleuchtung, der Glanz
des Todes, der blind wird.

Und es ist nicht das Reich des Vergessens. Die Erinnerung
ist die Sekretärin des Vergessens.
Sie reiht in Archiven die Vergangenheit.

Doch wenn da keine Zukunft mehr ist, nur noch die sichere
        Gegenwart
wird alles, was lebt, noch einmal leben, doch nicht als Erinnerung
und sich der Wirklichkeit enthüllen, vollkommen,
in einem Blitzlicht.
Dichtung war auch eine Abreise
wie der Tod. Sie hatte
jene Traurigkeit von Zügen und Flugzeugen, die abfahren
                der kleine Bahnhof von Brenes
                im kleinen einfachen Cordoba
                bei Nacht fahren die Züge vorbei
das Lied aus der Tiefe Granadas
In all der Schönheit eine Traurigkeit
und Sehnsucht wie in einem fremden Land
        MAKE IT NEW
        (ein neuer Himmel und eine neue Erde)
doch nach diesem Wachen
kehrst du zurück zu den Klischees
zu den Slogans.
Nur in den Augenblicken da wir nicht tätig sind
konzentriert auf das Unnütze, abgereist
öffnet sich uns die Welt.
Tod ist der Akt völliger Zerstreutheit
auch: Betrachtung.

Die Liebe, vor allem die Liebe, ein Vorwegnehmen
des Todes
        In den Küssen war ein Geschmack von Tod
            sein
                ist sein
                    in anderem Sein
        wir sind nur wir wenn wir lieben
Aber wir lieben in diesem Leben nur wenige Augenblicke lang
und nur schwach

Wir lieben nur oder sind nur wir selbst wenn wir nicht mehr
im Sterben liegen
    Blöße allen Seins um Liebe zu machen
        make love not war
    die Liebe schenken will
    sie ist das Leben
Die Stadt die vom Himmel herabstieg – nicht Atlantic City –
    Und das Jenseits ist nicht der American Way of Life
        Ruhestand in Florida
oder wie ein endloses Weekend.
Der Tod ist die offene Tür
zum Universum
    Da ist kein Schild NO EXIT
und zu uns selbst
            (reisen
    zu uns selbst
            nicht nach Tokio, Bangkok
                ist der Appeal
    Stewardeß im Kimono, Cuisine
Continentale
ist der Appeal dieser Anzeigen von Japan Airlines)
    Eine Hochzeitsnacht, sagte Novalis
Kein Horrorfilm von Boris Karloff
Und natürlich, wie das Fallen der Äpfel
nach dem Gesetz, das die Sterne anzieht und die Liebenden
– Es gibt keine Zufälle
    einer mehr, der vom großen Baume fiel
du bist ein Apfel mehr
Tom
            Wir verlassen den Leib wie man
            das Hotelzimmer verläßt
Aber du bist nicht der Unsichtbare von Wells
    Oder so wie das Gespenst eines verlassenen Chalets
        Wir brauchen keine Medien.

Und die Kinder wissen genau, es gibt ihn NICHT
wir sind unsterblich
Kann denn Napalm Leben vernichten?
Von der Gaskammer ins Nichts?
Oder sind die Evangelien Zukunftsromane?
Jesus trat ins Zimmer und nahm die Klagenden
Deshalb singen die Schwäne, sagte Sokrates, kurz
bevor sie sterben
Komm, Caddo, gehn wir hinauf
ins große Dorf (zweimal)
– Wohin alle Busse und Flugzeuge fahren
Und nicht wie ans Ende
sondern in die Unendlichkeit
fliegen wir zum Leben mit Lichtgeschwindigkeit
Und wie der Fötus die Fruchtblase zerreißt …
Oder wie Astronauten …
– der Sprung
aus der Puppe der Raupe
Und es ist ein Happening.
Der Höhepunkt
des Lebens
dies natalis
dieses pränatale Leben …
Die Gebärmutter verlassen
Etwas, das nicht absurd ist:
sondern ein Geheimnis
Tor zum Universum geöffnet
und nicht ins Vakuum
(wie die Tür eines Fahrstuhls, der nicht da ist)
Und schon endgültig.
… gleich dem Erwachen des Morgens
von der Stimme einer Schwester im Krankenhaus
Und schon haben wir nichts und doch sind wir nur
und doch sind wir nur und sind nur Sein

Die Stimme des Geliebten, die sagt:
mein Liebling, zieh den BH aus
Die offene Tür
die niemand mehr schließen kann
– »Gott, der uns zu leben befahl«
selbst wenn wir uns sehnten bei der Wiederkehr
nach atomaren Verbindungen, nach
der Bewußtlosigkeit.
Und immer größer die Bomben.
Nekrophilie: der Flirt mit dem Tod. Die Passion für den Tod.
(Leichen, Maschinen, Geld, Spucke)
und wenn sie träumen von einer Frau: dann mit dem Bild
eines Autos vor Augen
Die unwiderstehliche Faszination des Unorganischen
Hitler wurde im 1. Weltkrieg gesehn
wie er entzückt vor einer Leiche stand
und nicht wieder fort wollte
(Militärs oder Maschinen, Münzen, Scheiße)
Gaskammern bei Tag und Wagner bei Nacht
»5 Millionen«, sagte Eichmann (vielleicht auch 6)
Oder möchten wir dem Tod Make-up auflegen?
Die geliebten Wesen (sag nicht: die Toten)
geschminkt, manikürt, lächelnd
im Garten der Ruhe der rauschenden Wiesen
of THE AMERICAN WAY OF LIFE
1 Martini oder 2 um ihr Gesicht zu vergessen
relax & TV sehen
das Vergnügen, einen Porsche zu fahren
(any line you choose)
vielleicht eingefroren auf die Auferstehung warten
in flüssigem Stickstoff bei minus 197 Grad
(eingelagert wie das Korn, das nicht stirbt)
bis zum Tag, da Unsterblichkeit billig sein soll
nach dem Kaffee ein Bénédictine

ein Sportanzug um jung zu sein, um den Tod abzuschaffen
während man uns das Serum für ewige Jugend erfindet
        das Gegengift
um nicht zu sterben.
Wie in den Filmen der gute Cowboy, der nicht stirbt.
        In Miami den Blühenden Brunnen suchen.
Angekündigt nach den Vergnügungen auf den Jungfrauinseln.
Oder mit der Yacht von Onassis über den Lethe-Fluß …

Du wolltest nicht einer der Menschen mit großem Namen sein
mit einem Gesicht, das alle Welt erkennt auf den Fotos
der Wochenblätter
deine Wüste, die blühte wie eine Lilie, war nicht die Wüste
des Paradise Valley Hotels
        mit Cocktails am Swimmingpool
unter den Palmen
deine Einsamkeit war nicht die von Lost Island
        wo sich die Kokospalmen über das Meer beugen
LOVE? It's in the movies
        die Einbrüche der Ewigkeit
        waren kurz
– Die wir nicht an die Advertisements dieser Welt geglaubt haben
        Essen für 2, »je t'adore«
                How to say love in Italian?
Du hast mir gesagt:
                Im Evangelium steht nichts von Betrachtung
Nichts von LSD
sondern vom Schrecken Gottes (oder sollten wir besser
                sagen: Entsetzen?)
        Seine Liebe wie die Strahlung, die tötet, ohne uns zu berühren
und ein Vakuum größer als der Makrokosmos!
        In deiner Meditation sahst du nur die Vision
        der Linienmaschine von Miami nach Chicago
        und das Flugzeug der SAC mit der Bombe darin

– die Tage, an denen du mir schriebst:
My life is one of deepening contradiction and frequent darkness
Dein Typ? So uninteressant
die Reise zu weiten Einöden und Ausdehnungen des Nichts
alles wie aus Gips
weiß und schwarz, with no color
und die leuchtende Kugel ansehen, blau und rot wie Achat
mit Weihnachten am Broadway und Beischlaf und Liedern
glitzernd auf den staubigen Wellen des Meers der Ruhe
oder des Meeres des Schreckens tot bis zum Horizont. Und
wie die glänzende Kugel am Weihnachtsbaum …

Die Zeit? Is money
ist *Time*, ist Lumperei, ist nichts,
ist *Time* und eine Berühmtheit auf dem Titelblatt
Und diese Reklame von Borden's Milch im Regen
vor Jahren in Kolumbien, aufflammend
und erlöschend, so flüchtiges Aufflammen
und die Küsse im Kino
die Filme und die Filmstars
so flüchtig
GONE WITH THE WIND
auch wenn noch leuchtende Schönheiten auf der Leinwand lachen
die dahingeschiedenen Stars
das Auto hat eine Panne, der Eisschrank
wird repariert
Sie in buttergelb in
marmeladenfarbenem Orange und Erdbeerrot
wie in einer Anzeige des New Yorker in der Erinnerung
und der Lippenstift ist schon verschmiert von einigen Küssen
Winken von Fenstern in Flugzeugen, die ins Vergessene fliegen
Shampoos von Mädchen, weiter fort als der Mond
als die Venus
Augen wertvoller als der Stock Exchange

Der Tag von Nixons Amtsantritt ist schon vorüber
das letzte Bild auf dem Fernsehschirm löst sich auf
und man säubert Washington
Die Zeit, Alfonso, die Zeit? Is Money, Scheiße, shit
Die Zeit ist New York Times und Time
        – Und alles was ich fand war Coca-Cola …

        Proteine und Kernsäuren
                »die hübschen Zahlen ihrer Formen«
Proteine und Kernsäuren
        die Körper fühlen sich an wie Gas
die Schönheit wie bitteres
Tränengas
        Da der Film dieser Welt zu Ende geht …
                wie Coca-Cola
        oder ein Beischlaf for
        that matter
Die Zellen sind vergänglich wie Blumen
                nicht aber das Leben
        Protoplasma Cromosomen nicht aber
das Leben
        Wir werden noch einmal leben, sangen die Kornanchen
        Unsere Leben sind wie Flüsse
        die zum Leben führen
jetzt sehen wir nur wie im Fernsehen
später von Angesicht zu Angesicht
        Alle Wahrnehmung Versuch des Todes
                Liebling, es ist Zeit die Bäume zu beschneiden
        Alle Küsse werden gegeben, die du nicht geben kannst
                Granatäpfelbäume blühen
alle Liebe rehearsal des Todes
So we fear beauty
Als Li Chi vom Herzog von Chin geraubt wurde
weinte sie bis ihre Kleider durchnäßt waren

doch im Palast hat sie bereut
geweint zu haben.
Um die Landzunge biegt der San Juan vom †
Enten
fliegen vorbei
»die seltsamen Inseln«
oder Lust sagte San Juan vom Kreuz
unendliche Lust –
die Leinwand der süßen Begegnung zerfetzt
und die Trakier weinten, wenn jemand geboren wurde, erzählt
Herodot
und sangen, wenn jemand starb
– Das war im Advent, als in Gethsemany die Apfelbäume
neben dem Treibhaus wie Skelette dastanden
mit weißen Blumen von Eis wie die Blumen
der Eismaschinen.
Ich glaube es nicht, meinte Alfonso, im Irrenhaus,
als ich ihm sagte, daß Pallais tot sei.
Ich glaube, das ist eine politische Frage oder
so was.
Begraben sie mit ihnen auch noch ein Kamel
für die Reise? Und in Fidschi
die Waffen aus Walfischzahn?
Das Lachen der Menschen bei einem Witz ist der Beweis dafür,
daß sie an die Auferstehung glauben
oder wenn ein Kind weint in der fremden Nacht
und die Mutter es beruhigt
Die Evolution führt zum Leben
und ist nicht aufzuhalten
und nicht zu vereinbaren mit der Hypothese
vom Nichts
Yvy Mara ey
kamen auf ihren Wanderzügen bis ins Innere Brasiliens
(»Das Land in dem man nicht stirbt«)

Wie die Mangos dieses Sommers auf Solentiname
reifen
während das Noviziat dort mit einer Schneehaube bedeckt ist.
Goldamseln fliegen vorüber
zur Insel La Venada wo sie schlafen
du hast mir gesagt
it is easy for us to approach him

Wir sind fremd im Kosmos wie Touristen
wir haben keine Häuser hier nur Hotels
Wie die Gringo-Touristen
everywhere
flink mit ihren Kameras ohne verstanden zu haben
Und wie man das Motelzimmer verläßt
YANKI GO HOME
Ein weiterer Nachmittag stirbt über Solentiname
Tom
die heiligen Gewässer schimmern
und nach und nach erlöschen sie
es ist Zeit, die Coleman-Lampe anzuzünden
alle Freude heißt Vereinigung
Schmerz ohne die anderen zu sein:
Western Union
das Telegramm des Abtes von Gethsemany war gelb
WE REGRET TO INFORM YOU etc. …
ich sagte nur
o. k.
Wo sich die Toten vereinigen und
mit dem Kosmos eins sind
weil es »sehr viel besser« ist (Phil. 1,25)
»Und wie der Mond stirbt und wiedergeboren wird …«
Tod heißt Vereinigung
und man ist man selbst
vereinigt sich mit der Welt

der Tod ist sehr viel besser
die Malinchebäume stehen in Blüte heute nacht, verstreuen ihr
    Leben
        (ihr Verzicht heißt rote Blüte)
Tod heißt Vereinigung
        1/2 Mond über Solentiname
        mit 3 Menschen
man stirbt nicht allein
        (ihre Große Hütte der Vereinigung) die Ojibwas
und die Welt ist viel tiefgründiger
Wo die Geister der Algonquin mit den Geistern der Mokassin
auf Bibergeister-Jagd gehen auf dem Geisterschnee
            wir haben geglaubt, der Mond sei weit fort
sterben heißt nicht, die Welt verlassen, sondern
sich in sie versenken
du bist in der Heimlichkeit des Universums
        im Underground
außerhalb des Establishments dieser Welt, der Raum-Zeit
ohne Johnson und Nixon
        da sind keine Tiger
            sagen die Leute von Malaya
(eine Insel im Westen)
        sie stechen in See
        und die See ist das Leben
            Dort, wo sich die Toten vereinigen, oh Netzahualcóyotl
oder »Herz der Welt«
        Hemingway, Raissa, Barth, Alfonso Cortés
die Welt ist viel tiefgründiger
        Hades, zu dem Christus hinunterstieg
            Busen, Bauch (Matth. 12, 40)
                SIGN OF JONAS
        die Tiefen der sichtbaren Schönheit
wo der große Walfisch des Kosmos schwimmt
voller Propheten.

Alle Küsse, die du nicht geben konntest, werden gegeben
Alles verwandelt sich.
… »wie einer, begraben im Busen seiner Mutter …«
ein Cunakazike wird zu Keeler
Das Leben endet nicht, es verwandelt sich
noch ein intrauteriner Zustand, sagen die Koguis
deshalb werden sie in Hängematten begraben
in der Haltung eines Fötus
– eine antike Doktrin, sagte Plato
die da im Hades besteht
Menschen, die von hier kommen …
Beziers und die Kathedrale, vom Zug aus gesehen
Nichts von dem was man wünscht geht verloren
der Duft des Midi
der rote Turm von Saint Jaques am Flüßchen Tarn
die weißen und grünen Lichter von Paris, am Eiffelturm:
C-I-T-R-O-E-N
Lax ist mit dem Zirkus gezogen
und er weiß, wie es ist:
wenn man aus dem Zelt kommt beim Licht der Lampen
der Abschied vom verlassenen Platz
und die Reise mit Lastwagen bei Nacht in eine andere Stadt
Und als die Frau des Chuang Tzu starb
trug Chuang Tzu nicht Trauer
Hui Tzu traf ihn singend und tanzend an
mit der Reisschüssel als Trommel
die Hängematte ist die Plazenta, der Strick
der Hängematte die Nabelschnur
»deine Kopfschmerzen schaden dir nicht«
Same – Pflanze – Same
die Dialektik der Vernichtung
ich meine
die des Weizens. Leben
heißt sterben und uns säend Leben geben

Bis zu dem Augenblick, da mit Maske und weißen Handschuhen
der Agent eintritt
dessen Sigel wir nicht kennen
Und er überliefert uns dem Tod mit Liebe
Und
wenn die Sterne nicht sterben
bleiben sie einsam
wenn sie nicht zu kosmischem Staub zurückkehren, die Sterne
der Same, die Pflanze, der Same
Tod heißt Vereinigung
nicht in Junction City
Oder wie die Cunas auch sagen:
»Wir wollen eines Tages etwas Gutes essen«
Und wir fordern die Übergabe des Geliebten
Und wie der Abt Hesiquius sagte: es ist
(das häufige Denken an den Tod) »als
spielten die Fische im ruhigen Meer
und die Delphine sprängen vor Freude«
Und so wie der Mond stirbt …
Auf einer Insel sind sie, sagte man auf Haiti
zu Columbus, sie sind alle auf einer Insel
und essen Mamayes zur Nacht
– Oder die Insel *Boluto*, im Westen Tongas
glücklich und voller Blumen und Brotfrüchten im Geiste
»Wie ein Elektroschock«
schreibt mir Laughlin
»aber es ging wenigstens schnell«
die Leinwand zerrissen
die Seele und Gott getrennt … Und:
… warum es der Liebe gefällt, daß der Akt so kurz ist …
sie münden dort
die Flüsse der Liebe der Seele ins Meer
er war schön wie Joan Baez in seinem schwarzen Wagen
Du hast gelacht bei den Anzeigen im New Yorker

da ist die von Pan Am
Ticket to Japan
To Bangkok
To Singapore
All the way to the mysteries
Ein Ticket für die Betrachtung?
Ein Ticket für die Betrachtung.
Und der Tod.
All the way to the mysteries
Die Geschäftsanzeigen sind
Lehrbücher der Meditation, sagt Corita
Sister Corita
und Anzeigen für mehr. Nimm sie nicht wörtlich.
Der biologische Tod ist eine politische Frage
oder so was
General Electric, die Parze
ein Jet aus Vietnam für die Leiche
aber nach diesem Winter, zu Ostern
oder zu Pfingsten
wirst du die trappistischen Traktoren neben dem Friedhof hören
trappistisch, aber laut, die Erde umpflügend
um zu säen, neue Mayas, den alten Mais
– die Epoche der Caterpillar-Auferstehung
und die der Grillen

Wie die Bananenstaude stirbt, um Früchte zu tragen, sagen die Leute aus Hawai.
Du warst ganz leer
und hattest alle Liebe gegeben, schon
hattest du nichts mehr in Händen
Und alles war fertig für Bangkok.
Um noch einmal zu beginnen
den Tod des Alters hinzunehmen

Unsere Leben
die zum Leben führen
das kleine Fenster des großen Jets weint
beim Start in Californien
aus Freude!
Schließlich kamst du nach Solentiname (was nicht praktisch war)
vom Dalai Lama her, und vom Himalaya mit seinen Bussen
die wie Drachen bemalt sind
zu den »seltsamen Inseln«; du bist hier
mit deinen schweigenden Tzus und Fus
Kung Tzu, Lao Tzu, Meng Tzu, Tu Fu und Nicanor Parra
und überall; so leicht, mit dir in Verbindung zu sein
wie mit Gott (oder so schwer)
wie der ganze Kosmos in einem Tropfen Tau
an diesem Morgen auf dem Weg zur Latrine
Elias ist vom Wagender kosmischen Energien gerissen worden
und bei den Papua machten sie, als sie
den Telegraphen sahen, ein winziges Modell,
um mit den Toten zu sprechen
die Kelten brachten Silber, sagt Valerius der Große
damit man jenseits des Grabens bezahlen könne.

Die Küsse sind alle gegeben oder nicht gegeben.
Deshalb singen die Schwäne, sagt Sokrates
in deiner Brust dreht sich noch immer
der Fächer
Wir lieben nur oder wir sind nur wir, wenn wir sterben.
Das große Finale, um alles Sein hinzugeben.
o. k.

Die Bäuerinnen von Cuá

Ich will euch jetzt von den Schreien in Cuá erzählen
Schreie wie von Frauen in den Wehen
Maria Venancia, 90 Jahre, fast schon eine Leiche
schreit den Soldaten zu ich habe keine Männer gesehen
Amanda Aguilar, 50 Jahre
mit ihren Töchtern Petrona und Erlinda
ich habe keine Männer gesehen
wie in Wehen
– drei Monate eingesperrt in einer Kaserne in den Bergen –
Angela García, 25 Jahre und sieben Kinder
Cándida, 16 Jahre, stillt ein Mädchen
winzig und unterernährt
Viele hörten die Schreie von Cuá
Wimmern des Vaterlandes wie in Wehen
Als sie aus dem Gefängnis kam, gebar Estebana García,
vier Kinder,
einen Sohn. Sie mußte ihre Kinder
einem Gutsbesitzer schenken. Emelinda Hernández, 16 Jahre,
die Wangen glänzend vom Weinen
die Zöpfe naß vom Weinen …
Verhaftet in Tazua als sie von Waslala kamen
der Mais in Blüte und schon groß die Quisquisques
die Streifen drangen ein und kamen mit Gefangenen heraus
Esteban setzten sie in einen Hubschrauber
und kamen wenig später zurück ohne ihn …
Juan Hernández holte die Wache
eines Nachts, und er kehrte nicht mehr zurück
In einer anderen Nacht holten sie Saturnino
und keiner sah ihn je wieder … auch Chico González
holten sie ab
und so fast jede Nacht

zur Stunde in der die Cocorocas rufen
mit Leuten, die wir auch nicht kannten
Matilde hatte eine Fehlgeburt im Sitzen
nachdem sie sie eine Nacht lang nach den
Guerilleros gefragt hatten
die Cándida rief ein Soldat
komm wasch mir die Hose
doch er wollte etwas anderes
(Somoza lachte von einem Bild wie eine
Alka-Seltzer-Reklame)
Es kamen noch Ärgere auf einem Militärwagen
Drei Tage nach ihrer Abfahrt gebar Cándida ihr Kind
Dies ist die Geschichte der Schreie von Cuá
traurig wie der Gesang der Cocorocas
die Geschichte, die sich die Bäuerinnen erzählen,
weinend erzählen
als ob sie hinter dem Nebel ihrer Tränen
ein Gefängnis sähen
und darüber einen Hubschrauber

»Wir wissen nichts von ihnen«
Aber sie haben sie DOCH gesehen
ihre Träume sind subversiv
bärtig, verschwommen im Nebel
schnell
überqueren sie einen Bach
verdeckt vom Mais
zielen sie
(wie Pumas)
schleichen durch den Urwald
täuschen die Wachen
kommen zur Hütte
(schmutzig und glorreich)
Cándida, Amanda, Emelinda

in ihren Träumen viele Nächte
– mit ihren Rucksäcken
steigen einen Berg hinauf
mit Liedern von altem Glück
Maria Venancia, 90 Jahre
sie sehen sie nachts in ihren Träumen
in seltsamen Bergen
viele Nächte
die Männer.

Tagesanbruch

Schon krähen die Hähne.
        Schon krähte dein Hahn, Mutter Natalia,
        schon krähte der deine, Vetter Justo.
Steht auf von euren Betten, euren Matten.
Mir scheint,
        auch die Heulaffen erwachten schon am anderen Ufer.
Laßt uns die Herdfeuer blasen, schüttet die Nachttöpfe aus.
Bringt eine Öllampe, damit wir unsere Gesichter sehen.
Es bellte ein Hund auf einem Rancho,
        und ein anderer antwortete ihm.
Es ist Zeit, das Feuer zu schüren, Mutter Juana.
Noch dunkler wurde die Nacht, doch darum, weil es Tag wird.
        Steh auf, Chico, steh auf, Pancho.
Es gibt ein Füllen zu reiten,
        es gibt ein Boot zu führen.
Die Träume trennten uns voneinander, auf unseren Strohsäcken
in unseren Betten und Hängematten
        (jeder einzelne mit seinem Traum),
                doch das Erwachen vereint uns.
Schon schwindet die Nacht,
        und ihre Schemen und Nachtmahre folgen ihr.
Bald werden wir das Wasser sehr blau sehen
                (jetzt sehen wir es nicht).
Und diese Erde mit ihren Obstbäumen,
        die wir auch nicht sehen.
Steh auf, Pancho Nicaragua, nimm die Machete,
es gibt viel schlechtes Gras zu schneiden,
        nimm die Machete und die Gitarre.
Es schrie eine Eule um Mitternacht und ein Uhu um eins.
        Keinen Mond hatte die Nacht und keinen einzigen Stern.
Auf dieser Insel brüllten die Tiger,

und es antworteten die von der Küste.
Schon flog der Pocoyo davon, der ruft: Beschissen. Beschissen.
Bald singt der Zanate Clarinero auf der Palme,
singen wird er: Gefährtin, Gefährte.
Vor dem Licht flieht der Schatten wie ein Vampir.
Erhebt euch: du und du und du.
(Schon krähen die Hähne.)
Einen Guten Tag gebe euch Gott.

Verdichtung und Vision von San José de Costa Rica

Dort oben rufen die Sterne
und laden uns ein zum Erwachen, zur Evolution
        zum Aufbruch in den Kosmos.
Sie wurden gezeugt von Druck und von Wärme.
        Wie fröhlich erleuchtete Straßen
        oder Städte, die man nachts aus dem Flugzeug erblickt.
Die Liebe, die die Sterne entzündete …
Das Universum besteht aus Vereinigung.
        Das Universum ist Verdichtung.
Verdichtung ist Vereinigung und Wärme (Liebe)
Das Universum ist Liebe.
        Ein Elektron will nie allein sein.
Verdichtung und Vereinigung, das sind die Sterne.
Das Gesetz von der Schwerkraft
        che move il sole e l'altre stelle
ist die Anziehungskraft zwischen den Körpern, und die Anziehung
wird stärker je näher die Körper sich kommen.
Die Anziehungskraft der chaotischen Materie.
        Jedes einzelne Molekül
zieht alle anderen Moleküle des Universums an.
Die geradeste Linie ist die Kurve.
                Nur die Liebe ist revolutionär.
                Der Haß ist immer reaktionär.
Wärme ist eine Bewegung (Agitation) der Moleküle
wie die Liebe Bewegung ist (und die Liebe Wärme)
Ein Elektron will immer zu einer vollständigen Gruppe oder
                                        Untergruppe gehören.
        Alle Materie ist Anziehung.
Die Elektronen des Atoms drehen sich in elliptischen Bahnen
wie in elliptischen Bahnen die Planeten sich drehn
        (und auch die Liebe bewegt sich in elliptischen Bahnen)

Jedes einzelne Molekül der Erde
zieht den Mond, die Sonne und die Sterne an.
Ein Regen fiel in der Nacht, und die Kröten singen
unter dem Mond, sie singen für die Weibchen, sie zur
Liebe rufend.
        Und es vereinen sich die liebenden Atome
        bis so viele Atome beisammen sind
        daß sie anfangen zu leuchten und ein Stern sind.
(Und was geschieht im Liebesakt? Wie entsteht neues Leben?)
        Und von ihnen kam der Tanz.
Zwischen Stalaktiten und Stalagmiten (letzte Galerie)
bespringt ein Auerochs, geformt aus dem gleichen Lehm wie die Höhle
ein Weibchen, geformt aus dem gleichen Lehm.
Und auf dem Boden Spuren, im Lehm Pflanzen und Füße
von Jünglingen der Eiszeit, die tanzten
und tanzten vor den zwei Auerochsen.
        Der Tanz gelernt von den Sternen.

Sonntagabend und in Wall Street wirbelt ein schmutziger Wind
alte Zeitungen über die leere Straße. Wall Street mit Sternen
gespensterhaft und leer. Dunkel die Fenster der Banken
doch nicht alle. Einige Reihen erleuchtet
in der schwarzen Masse. Man kann sie erkennen:
die Auslandsabteilungen der großen Banken.
Die Eisentüren verschlossen mit Schlössern und Stangen.
Doch durch den Hintereingang traten Gestalten
in die Auslandsabteilungen der Banken. Die Lichter
                                        geheime Versammlungen
Entscheidungen, von denen wir nichts wissen (und wie die Aktien
steigt der Rauch ihrer Havannazigarren) die uns aber alle betreffen.
Ein Aufstand in Malaya wegen der Abwertung der Währung,
                                                verbrannte Busse
Blut fließt in den Straßen wie das Wasser eines Hydranten.
Zur gleichen Stunde, in der die Sterne glänzen über Wall Street

und zur Stunde, in der in London die Banken öffnen.
Die Materie zieht die Materie an
und in dem Maße, in dem sich die Verdichtung verstärkt
wächst ihre Anziehungskraft. Unter gleichen Bedingungen
übt eine Verdichtung von zwei Millionen Meilen im Durchmesser
die doppelte Anziehung aus wie eine von einer Million.
Je größer die Verdichtung, desto größer ihre Möglichkeit
zu wachsen und kleine Verdichtungen zu vereinen.
Nehmen wir nun an, eine riesige Masse gleichförmigen Gases
dehne im Weltraum sich aus über Millionen und Millionen von Meilen
in alle Richtungen: jede kleine Veränderung
ihrer Gleichförmigkeit ist imstande, Verdichtungen auf
Verdichtungen jedes vorstellbaren Ausmaßes auszulösen.

Der Kapitalismus wird vergehen. Ihr werdet keine
Wertpapierbörse mehr sehen.
So sicher wie der Frühling dem Winter folgt …
MeineVision von San José de Costa Rica.
Und wenn der letzte bezwungene Feind der Tod ist
wird vorher der Egoismus vergehen.
So verschieden vom heutigen Menschen wie dieser
vom Sinanthropus verschieden ist.
Wettbewerb verhindert Zusammenarbeit.
Trennung herrscht zwischen Mensch und Mensch.
Eine zerbrochene Menschheit.
Der erste Fisch
erstickte. Der erste Fisch, der an Land kam
war wie der Che.
Doch andere folgten ihm später.
Jeder würde denken, daß eine kleine Störung
die nur eine kleine Masse von Gas berührt
eine Verdichtung von geringem Ausmaß hervorriefe.
Doch die Schwerkraft selbst des allerkleinsten Körpers
wirkt sich im ganzen Universum aus. Der Mond

erzeugt Ebbe und Flut auf der Erde und auf den entferntesten Sternen.
Wirft ein Kind sein Spielzeug zur Erde
verwirrt es die Bewegung aller Sterne im Weltall.
Solange die Schwerkraft besteht, kann keine
Störung begrenzt bleiben
auf einen kleineren Umkreis als die Gesamtheit des Weltraums.

»DerVersuch, im Sturmangriff den Himmel zu nehmen« sagte Lenin
kein geringerer als Lenin (die Pariser Kommune)
gemeinsam und persönlich, ohne Klassen und Staat.
Ein neuer Mensch wie neue Chromosomen.
Wie einfach: produzieren und verteilen was wir brauchen
auf diesem Himmelskörper
(Die Ökonomie ist nicht kompliziert)

Je heftiger die Störung
um so stärker die Verdichtung
doch selbst die unbedeutendste entwickelt
Verdichtungen, wenn auch nur schwacher Intensität.
Und wir sahen bereits, daß das Schicksal einer Verdichtung
nicht von ihrer Intensität, sondern von ihrer Masse bestimmt wird.
So schwach ihre ursprüngliche Intensität auch war
werden die großen Verdichtungen größer
und größer, während die kleinen verschwinden, verschluckt
von den größeren. Und am Ende bleibt nichts als eine Sammlung
unendlicher Verdichtungen. So auch die Phänomene, die wir
Sozialisierungen nennen, und so auch
die Revolution.
Das Universum ist homogen. Die Sternfragmente
im geologischen Museum von South Kensington
beweisen, daß sie vom gleichen Fleische sind wie wir.
(Auch wir sind Stern)
»Himmlisches Fleisch«, sagte Rubén.
Und wir sind auch Kinder der Sonne

(die Wärme unseres Blutes ist Sonnenwärme)
Gezeugt von den Sternen.
»Mein Mädchen, ich bin glücklich in den Bergen
denn ich kämpfe den Kampf meines Volkes«.
Und der Kampf währt schon zwanzigtausend Millionen von Jahren.
Doch: »Die Revolution endet nicht in dieser Welt«
wenn wir den Tod nicht bezwingen
wird für immer herrschen der Status quo
der Status quo ist der Tod.

Und meine Vision in San José de Costa Rica, nun will ich
von meiner Vision erzählen – in einem Taxi eines Abends
als ich im Flugzeug zu einem Schriftstellerkongreß kam.
Dies war meine Vision: Neonreklamen, Apotheken, Autos
Jungen auf Motorrädern, Tankstellen, Bars, Menschen in den Straßen
kleine Mädchen in Schuluniformen, Arbeiter die beisammen stehn.
Und ich sah, wie alles geordnet war von der Liebe.
Die Farbe eines Pullovers sprach mir von Liebe
Liebe war der Treibstoff der Motoren und zündete diese Lichter an
– alle.
Die modischen Kleider der Mädchen, was waren sie andres als Liebe
die Kinder auf den Straßen, vereint von der Liebe
und gepflanzt von der Liebe die rotblühenden Bäume
ein Junge mit langen Haaren – langhaarig aus Liebe
eine Reklame: IMPERIAL. Wer weiß was das ist, doch bestimmt
irgend etwas zum Teilen, zum Schenken.
Eine Telefonkabine, und jemand der anruft aus Liebe
Mutter und Kind auf der Straße, eine andere Liebe
ein engumschlungenes Pärchen, und wieder Liebe,
eine schwangere Frau, durchtränkt von Liebe.
Mein Taxi fährt weiter. Zwei an einer Ecke, der eine erzählt etwas
(sicher Freunde)
Und ich denke:
Ein herrliches Tier ist der Mensch.

Gebratene Hähnchen, Konditorei … auch dies ist Liebe.
Einer hat es eilig. Wohin geht er? Zu einem Treffen
zu einer Feier, in ein Haus, wo er liebt.
Ein anderer trägt ein Brot. Für sich und andere. Kommunion.
Hellerleuchtete Restaurants: auch sie für ein Treffen
PILSENBIER: es kündet von Vereinigung, Versammlung
    COCA COLA
(dieses Scheißzeug) doch heute buchstabiert die Reklame.
    KOMMUNION

Eine herrliche Gattung, wie ich sie liebe
    alle geschaffen im Liebesakt
        alle geboren zur Liebe.
Und ich verstand, daß es schön ist für andere zu sterben.
Dies war meine Vision an einem Abend in San José de Costa Rica.
Noch stöhnte die ganze Schöpfung in den kommerziellen Reklamen
vor Schmerz über die Ausbeutung des Menschen durch den Menschen.
Die ganze Schöpfung
        forderte, forderte schreiend
die Revolution.

Auf dem See

Der Himmel tiefschwarz mit allen seinen Sternen,
und ich auf dem See, sie betrachtend von einem alten Boot
 – der Maria Danelia –
zurückgelehnt im Heck auf ein paar Säcken Reis.
Ich komme von einem Verhör vor dem Militärgericht
und denke an die unermeßlichen Welten über uns,
 eine einzige Milchstraße
 (wenn die Erde wie ein Reiskorn wäre,
so wäre die Milchstraße wie die Umlaufbahn des Jupiter).
Und ich denke an den Kameraden »Modesto« in den Bergen;
ein Bauernsohn, sein Name ist unbekannt.
Sie kämpfen, um unser Schicksal auf der Milchstraße
 zu erfüllen.
Und an die Bauern, aufgehängt an den Handgelenken,
 herumgeschleift an den Eiern.
Ein achtjähriges Kind geköpft, sagen die Kapuziner.
Die Gefangenen in Gemeinschaftslatrinen gepfercht,
einer über den anderen, Frauen, Kinder, Alte.
 Und diese leuchtenden Weiten über uns.
Das Himmelreich Lichtjahre ausstrahlend.
 (» … das euch bereitet istvom Anbeginn derWelt.«)
Seit das Urgas
der schwarzen Kälte der interstellaren Räume entströmte
 und sich verdichtend
immer heißer und immer heller wurde,
 immer heißer und immer heller.
Kehren wir zurück zu den interstellaren Räumen?
 Und das Leben,
ist es nicht geradeso ein Bestandteil des Universums wie das Licht?
 So weit entfernt in Zeit und Raum!
 Welten, die uns nur als Licht erreichen.

Doch sehen wir nicht alles Licht. Im Regenbogen
verbirgt sich unsichtbar hinter dem Violett das Ultraviolett
und hinter dem Ultra ein weiteres Ultraviolett.
Dies ist schon die Zone der Liebe.

Von der »María Danelia« aus und von den dunklen Wassern
Nicaraguas schaue ich das Universum des Lichts.
Die Kurvatur des Lichts. Wie ein Nachtflug über New York.
Oder besser gesagt:
die Sterne der Milchstraße Hand in Hand
wie ein Kreis von Tänzern um ein Feuer,
und Pythagoras hörte die Rasseln.
Doch der Mittelpunkt der Milchstraße ist nicht ein größerer Stern,
sondern eine Ansammlung von Sternen
(dort oben im Sternbild des Steinbocks).
Es sind an die tausend Welten, die ich sehe.
Doch die Astronomen erblicken fast eine Billion.
»Die Evolution lieben.«
In Kuba schossen Schulen, Polikliniken und Kindergärten
aus der Erde wie Pilze nach dem Regen.
Die Schwerkraft ist nichts anderes als die Kurvatur des
Universums, das heißt: ihre Sehnsucht nach Vereinigung.
Wir haben einen gemeinsamen Mittelpunkt, und der ist vorn.
Viele sind verhaftet, andere im Untergrund.
Die Bauern werfen sie aus Hubschraubern in die Leere.
Das Leben geben, heißt sich der Zukunft opfern.
Um ein einziger Leib zu sein und ein einziges Bewußtsein,
alle zusammen das gleiche wollend.
Es sagte der Vorsitzende des Militärgerichts:
»Wissen Sie genau, daß Sie für die Armen kämpfen?
Antworten Sie ja oder nein.«
Um sich in etwas zu verwandeln, das größer ist als man selbst.
Alles ist Bewegung: Milchstraße, Sonnensystem, Planet mit der
»María Danelia«, dem alten Boot der Loríos,

alles segelt durch Raum und Zeit.
»Ich glaube, sie kämpfen für die Armen.«
Ich wurde vor Gericht gerufen
und erfüllte deinen Willen.
Ich sehe die Sterne und sage:
ich habe deine Gebote erfüllt.
In unserer kleinen Ecke, die planetarische Revolution,
eine Menschheit ohne Klassen,
das,
wofür der Planet um die Sonne kreist.
Die Vereinigung
des Universums!
Und die »Finsternis draußen«:
die interstellaren Räume?
Alles ist Bewegung –
dein Wille geschehe
wie auf den Planeten so auch auf den Milchstraßen.

Eine neue Ökologie

Im September sah man in San Ubaldo wieder mehr Präriewölfe.
Wieder mehr Cuajipales-Eidechsen nach dem Sieg,
    in den Flüssen, in der Gegend von San Ubaldo.
    Auf den Landstraßen mehr Kaninchen, Wildkatzen ...
Der Vogelbestand hat sich, wie man uns sagte, verdreifacht,
    vor allem die Piches.
Die lärmenden Piches stürzen sich ins Wasser,
        wo immer es aufglänzt.

Somoza und die Seinen zerstörten auch die Seen, die Flüsse
            und die Berge.
Sie zwangen den Lauf der Flüsse in die Richtung ihrer Felder.
Der Ochomogo trocknete aus im vergangenen Sommer.
Der Sinecapa trocknete vollkommen aus, eine Folge
    des Kahlschlags der Großgrundbesitzer.
    Der Rio Grande von Matagalpa, trocken den ganzen Krieg
    über, dort in den Ebenen von Sébaco.
Zwei Stauseen bauten sie dem Ochomogo,
    und die chemischen Abwässer der Kapitalisten
fielen in den Ochomogo, und die Fische schwammen wie trunken.
    Der Fluß Boaco, schwarzes Wasser.
Der See von Mayuä trocknete aus. Ein Offizier Somozas
stahl die Felder der Bauern und baute ein Stauwehr.
Der See von Moyuá, der hier jahrhundertelang schön war.
    (Doch die Fischchen kommen schon wieder.)
Kahlschlag und Stauseen.
    Wenig Garrobos in der Sonne, wenig Gürteltiere.
Die grüne Schildkröte des Karibischen Meeres,
        verkauft von Somoza.
Auf Lastwagen exportierten sie Paslama-Eier und Leguane.
    Die Caguama-Schildkröte starb aus.

Der Sägefisch des Großen Sees ausgerottet von José Somoza.
Fast ausgestorben der Tigrillo, der kleine Waldtiger
  sein sanftes, waldfarbenes Fell,
und der Puma, der Dantovogel in den Bergen
  (wie die Bauern in den Bergen).
Und der arme Fluß Chiquito: Sein Unglück
das Unglück des ganzen Landes. Sein Wasser spiegelt den Somozismus.
Der Fluß Chiquito von León, genährt von Quellen,
die Abwässer sind, Abfälle von Seifenfabriken und Gerbereien,
weißes Wasser von den Seifenfabriken, rotes Wasser
von den Gerbereien;
Plastikreste im Flußbett, Töpfe, verrostete Eisen.
Das hinterließ uns Somoza.
(Klar wird es wieder sein, hell hinuntersingen zum Meer.)
Und in den See von Managua fließen die schwarzen Wasser Managuas
und die chemischen Abfälle.
  Und in der Nähe von Solentiname, auf der Insel La Zanata:
ein großer stinkender Berg aus weißen Fischskeletten.

Doch schon atmen sie auf, die Sägefische und Süßwasserhaie.
Schon ist Tisma wieder voll von Königsreihern,
  die sich spiegeln in ihren Wassern.
Zanatillos gibt es, Piches, Güises, Knäkenten.
  Und auch die Pflanzen freuen sich.
Die Gürteltiere sind zufrieden mit dieser Regierung.
  Wir gewannen die Wälder, Flüsse und Seen zurück.
Auch den See von Managua werden wir säubern.
Nicht nur die Menschen ersehnten die Befreiung.
Die ganze Ökologie seufzte. Die Revolution
befreit auch die Seen, Flüsse, Bäume und Tiere.

In Managua um Mitternacht

Ich liege in meinem Bett in Managua
fast schlafe ich schon
                                        und ich frage mich plötzlich:
                              Wohin gehen wir? Jetzt sind wir
auf der dunklen Hälfte der Erde,
                                        die andere Hälfte ist hell.
Morgen werden wir im Licht sein
und die anderen im Dunkel.
In dieser Nacht in meinem Bett
spüre ich die Reise. Aber wohin gehen wir?
Ich denke an Zahlen, die ich einst lernte:
Um die Sonne mit 30 Kilometern pro Sekunde,
und zusammen mit der Sonne in der Galaxis mit
250 Kilometern pro Sekunde
und mit welcher Geschwindigkeit bewegt sich die Galaxis … ?
Sorg' dich nicht, Felipe Peña, gefallen wir wissen nicht wo,
und Donald und Elvis, begraben an der Grenze zu Costa Rica,
sorgt euch nicht, Muchachos, wir sind auf dem richtigen Weg.
                              Wir kreisen im schwarzen Raum
und wohin wir auch gehen, wir sind auf dem richtigen Weg.
Und mit uns
                              die Revolution.

Fragen am See

Als du nach zwei Jahren nach Solentiname zurückkamst, Juan,
– da warst du schon fünf Jahre alt –
sagtest du, und ich erinnere mich genau:
»Du bist der, der mir alles von Gott erzählen wird, nicht wahr?«
Gerade ich, der ich immer
weniger von Gott wußte.
Ein Mystiker, also ein Verehrer Gottes,
nannte ihn NICHTS,
und ein anderer sagte: was immer du über ihn sagst, ist falsch.
Und das beste, was ich tun konnte, damit du etwas von Gott erfährst,
war vielleicht, dir nicht von Gott zu erzählen.
Aber einmal
sprach ich dir doch von Gott, am See,
auf der Mole,
eines Abends in rosaroter Dämmerung:
»Gott ist jemand, der in uns allen ist,
in dir, in mir, in allem.«
»Und ist er in diesem Reiher da?» – »Ja.« – »Und ist er in den Sardinen?«
»Ja.« »Und ist er in diesen Wolken?« – »Ja.«
»Und ist er in dem anderen Reiher da?« – »Ja.«
Ein kleiner Adam, der sein ganzes kleines Paradies mit Namen versieht.
»Und ist er in dieser Mole?« – »Ja.« – »Und ist er in den Wellen?«
Warum fragen Kinder so viel?
Und ich,
warum frage ich warum
wie ein Kind?
»Und ist er auch in meinem Papa und meiner Mama?« – »Ja.«
Und du sagtest:
»Aber er kommt nicht auf die Insel der Bösen, nicht wahr?«
Jetzt mit zwölf Jahren
bist du bei den Kindern der Sandinistischen Front.

Du gehst zu den Versammlungen. Machst mit bei freiwilliger Arbeit.
Tust Dienst zur Verteidigung der Revolution. Bist in der Volksmiliz.
(Die von der Insel der Bösen sind fort.)
»Und ist er auch in den winzig kleinen Sternen,
den winzigen Sternen, die in Wirklichkeit sehr groß sind, nicht?«
Die Zahlen der kleinen Dinge
sind ebenso groß wie die der großen.
Woher bist du gekommen?
Und ich staunte, nicht nur über deine Fragen,
sondern weil ich außerdem dachte, daß es
von 300 Millionen Spermatozoiden
nur du allein warst, Juan.
von 300 Millionen Juans,
die anders sind als der Juan, der du bist,
aber Zwillingsbrüder von dir,
daß nur du es warst, nur du allein.
Und wie du
fragten mich die 300 Millionen in ihrem Nicht-Sein,
wo ist Gott?
und baten mich, ihnen alles von Gott zu erzählen,
und ob er auch in ihnen sei.
(Und mit ihnen die ganze Unendlichkeit der Nicht-Seienden
die unendlich größer ist als das Seiende.)
So als befragten mich plötzlich
dreihundert Millionen Sterne, die gar nicht sind.
Obwohl von allen diesen Millionen,
in denen Gott auch ist,
nur du es warst, Juan,
der mich fragte an jenem Nachmittag am See.
Der einmal glaubte, ich werde ihm alles von Gott erzählen.

Beschissene Reise

Der unerwartete Telefonanruf aus Managua
zur letzten Insel der Antillen:
»Ernesto, Laureano ist tot.«
Auf dem Flug Trinidad – Barbados – Jamaica – Havanna –
Managua sehe ich auf das unendliche Meer und kann
an nichts anderes denken.
Wenn wir schon sterblich geboren sind
ist es das Beste, als Held und Märtyrer zu sterben,
wie du gestorben bist.
Sicher, besser, du wärest nie gestorben
so wie deine Frau und deine Kinder und deine Freunde und die
ganze Welt
besser nie stürben.
Als ich ihn zwanzigjährig in Solentiname taufte,
weil er von seinem entfremdeten Protestantismus
zu unserem revolutionären Christentum übertreten wollte,
mochte er keinen Paten und keine Patin haben,
die ganze Jugendgruppe der Bauernkinder waren seine Paten
und Patinnen.
Vor allem seine Besessenheit von der Revolution.
Fasziniert vom Marxismus, ohne ihn jemals lesen zu wollen.
Sehr intelligent, aber ohne sich geistig bilden zu wollen.
Der Mensch mit der schmutzigsten Sprache, den ich je kannte.
Aber auch derjenige, der die »schmutzigen Wörter« mit der größten
Reinheit aussprach.
Einmal kommentierte er das Evangelium in der Messe:
»Diese Weisen haben Scheiße gebaut, als sie zu
Herodes kamen«
Oder seine Zusammenfassung der Heiligen Dreieinigkeit:
»Die drei Scheißkerle sind ein einziger.«

Die Nacht, in der er mir, auf den ruhig daliegenden See blickend,
gestand:
»Ich glaube nicht mehr an Gott oder an die ganze Scheiße.
Ich glaube an Gott, aber für mich ist Gott der Mensch.«
Aber immer wollte er in der Messe mein Meßdiener sein.
Niemand konnte ihm diese Aufgabe streitig machen.
Sein am häufigsten gebrauchtes Wort: IST MIR SCHEISSEGAL.
Mein Sohn, mein Bruder Laureano,
unbelehrbarer und liebevoller Sohn
wie jeder Sohn zu seinem Vater
und weil ich ja nicht dein richtiger Vater war
warst du vor allem mein Bruder
ein sehr viel jüngerer Bruder
aber vor allem ein Compañero.
Dieses Wort gefällt dir besser, nicht wahr?
Das Wort, das du am meisten liebtest, nach dem Wort Revolution.
Compañero Subkommandant Laureano,
Offizier der Grenztruppen:
Gemeinsam mit dir sage ich, daß uns der Tod scheißegal ist.
Ich wollte dies Gedicht nicht schreiben.
Aber du würdest mir sagen, in der dir eigenen poetischen Sprache,
wie in jenen Messen,
die später in so viele Sprachen übersetzt wurden
– sogar ins Japanische (dich zu übersetzen wird ihnen nicht
leichtgefallen sein) –
»Dichter, alter Spinner, sag diesen Scheißkerlen, meinen
Compañeros aus Solentiname,
daß mich diese Hurensöhne von Konterrevolutionären
umgebracht haben,
aber daß es mir scheißegal ist.«
Wie jenes »soll sich doch deine Mutter ergeben« von Leonel.
Schon damals hast du immer gesagt, daß du zur Guerilla wolltest.
Und ich: »Bei deiner Disziplinlosigkeit wirst du gleich erschossen.«
Bis sich dein Traum erfüllte beim Angriff auf San Carlos.

»Jetzt machen wir die Scheißkerle fertig.«
Die Kugeln, die dir die Guardia um die Ohren fliegen ließ.
Und deine Geschichte später:
»Peng! Peng! Peng! Verflucht! Da fühlte ich mich fast schon
wie tot.«
Du warst streitsüchtig, du feiertest gern, du warst hinter den
Frauen her,
du strotztest vor Lebensfreude, ohne den Tod zu fürchten.
Kurz bevor du starbst, in Managua, sagtest du mir ganz ruhig:
»Da ist es verflucht beschissen. Jeden Tag kann ich bei einem der
Überfälle sterben.«
Du hast nicht aufgehört zu existieren:
Du hast immer existiert
und wirst immer existieren
(nicht nur in diesem,
in allen Universen).
Aber es stimmt,
einmal hast du gelebt,
hast du gedacht,
hast du geliebt.
Und jetzt bist du tot.
Es ist, als seist Du, sagen wir, Erde, oder Stein, was dasselbe ist,
»der harte Stein, denn er fühlt nichts mehr«.
Aber nein, nichts von hartem Stein,
sehr wohl fühlst du,
dort, über die Lichtgeschwindigkeit hinaus,
von der Grenze des Raums, der die Zeit ist,
völlig bewußt,
Teil des lebendigen Bewußtseins
all dessen, was existiert.
LAUREANO MAIRENA: ER IST UNTER UNS!
Das verfluchte Flugzeug verspätet sich bei jeder Zwischenlandung.
Schon ist es Nacht über dem Meer. Ich kann an nichts anderes
denken …

Ich möchte so sterben wie du, Bruder Laureano,
und von dem aus, was wir Himmel nennen, bestellen lassen:
»Ihr verdammten Brüder in Solentiname, der Tod war mir
scheißegal.«

Besuch in Weimar (DDR)

Wir waren in Weimar und natürlich
besuchten wir auch das Haus Goethes.
Da sind seine Bilder. Ein Lukas Cranach ...
Ein italienischer Primitiver ...
Von seiner Hand auch die Bleistiftzeichnung
seiner schönen Frau, schlafend im Garten.
Das Piano, auf dem der junge Mendelssohn spielte.
Die griechischen Statuen. Die Mineraliensammlung.
Der Schreibtisch, an dem er den *Faust* schrieb.
Das armselige Bett. Der Lehnstuhl, in dem er starb.
Die hocheleganten Salons, schließlich war er Staatsminister;
das Wohnzimmer
so bescheiden, wie das Lenins im Kreml.
Das Sofa, auf dem er ganze Nächte im Gespräch mit dem Fürsten
von Weimar verbrachte.
»Tiefsinnige Betrachtungen über die Natur und die Kunst«.
Eine Zeitlang widmete er sich mehr den Naturwissenschaften
als der Dichtkunst.
Hier entdeckte er den Zwischenkieferknochen des Menschen.
Und die Vertebraltheorie des Schädels.
1770 begann er die Farbenlehre zu studieren.
(Im selben Jahr schrieb er *Die Metamorphose der Pflanzen*).
An jenem Tag, da Schiller nach Weimar kam, um dort zu leben,
schneite es.
Hier führte er Gespräche mit Napoleon.
1815 wurde er zum Staatsminister ernannt.
(Er war auch so etwas wie ein Kultusminister)
Dies war die geistige Hauptstadt Deutschlands.
Und wie köstlich sind die Zwetschgen von
Weimar!
Der Zusammenbruch, als Schiller starb.

Der Botanische Garten von Palermo eröffnete ihm die Überpflanze.
Er arbeitete gerade an der *Metamorphose der Tiere*
und bestand mit Nachdruck darauf,
daß die Dichtkunst »Allgemeingut der Menschheit« sei,
und daß sie zu allen Zeiten an allen Orten in Tausenden von
Menschen lebe.
Gedichte zu schreiben könne man auch die Massen lehren.
Nur Kultur und Barbarei seien ihm wichtig, sagte er.
Immer häufiger war er allein.
1827 starb seine Charlotte.
Im darauffolgenden Jahr der Große Kurfürst.
Aber er hatte geschrieben: »In allen Wipfeln ist Ruh'.«
Zum Ende des Zweiten Teils hatte Faust, schon blind, die Vision:
»auf freiem Grund mit freiem Volke stehn«.
Den Zweiten Teil ließ er versiegeln
und legte ihn in einen verriegelten Schrank, sorgte dafür, daß
niemand ihn läse.
Danach verließ er sein Wohnzimmer nicht mehr, um in die
eleganten Salons zu gehen.
An dem Tag, als er in seinem Lehnstuhl starb,
glaubte er, auf den Dielen einen Brief Schillers zu lesen.
Und 15 Minuten von hier
mitten im Wald
betreten wir die »Straße des Blutes«.
Die Gefangenen selbst legten sie an.
Sie endet an verlassenen Schienen,
wo Hunderte und Hunderte und Hunderte von Zügen
ankamen.
Imposante Bronzeportale öffnen sich uns
mit geschmiedeten Blumen
und mit riesigen Lettern über dem Gitter,
Buchstaben, die nur von drinnen gelesen werden konnten, wenn erst
die Gitter geschlossen waren:
JEDEM DAS SEINE

wie der Eingang zur Hölle Dantes
Lasciate ogni speranza, o voi che entrate.
Laßt alle Hoffnung fahren, Ihr, die Ihr eintretet.
Der Eingang von Buchenwald.
Stacheldraht und wieder Stacheldraht und wieder Stacheldraht.
Furchterregende Wachttürme.
Und wir sahen die Schornsteine der Krematorien aus rotem Backstein.
Die besonderen« Zellen für die, die Widerstand leisteten,
die über das ganze Lager hinwegschrieen,
sich nicht zu ergeben,
aus vergitterten Löchern, bevor sie starben.
Es war eine ganze Stadt.
Mit ebenso vielen Einwohnern wie Weimar.
Die Körper wandelnde Skelette
wankenden Schrittes
den Blick starr zu Boden gerichtet.
Alles war gut organisiert.
Die Namen derer, die ankommen sollten,
waren im voraus gemeldet im Konzentrationslager
mit Durchschlag an die Generaldirektion der Konzentrationslager,
Kopie an die Gestapo usw. usw.
»Bezugnehmend auf das Vorherige
füge ich in Durchschrift zur weiteren Verwendung
die Liste der Arbeitsunfähigen bei«
(Unterschrift)
Lagerarzt Buchenwald.
In der Umgebung, Hügel von Toten.
Das graue mehrstöckige Gebäude, wo sie ihre Kleider ablegten.
Mädchen in eleganten Kostümen
kamen heraus in Uniform, blau und weiß gestreift.
und mit einer Nummer, die in den linken Arm tätowiert war,
oft genug da schon sterbensmüde vor Traurigkeit.
Die menschliche Haut eignet sich gut als Pergament.
Um Gedichte darauf zu schreiben, romantische Verse.

Um Bücher darin einzubinden.
Für Lampenschirme.
Man schrumpfte jüdische Köpfe (wie die der Jívaro-Indianer)
zur Erinnerung.
Und Ärzte experimentierten am lebenden Körper.
Sie arbeiteten 18 Stunden, auch im Dezember, bei Schnee und
Wind,
nur mit einer dünnen Jacke bekleidet,
und viele entflohen der Kälte und warfen sich in den elektrischen Zaun.
Die Kinder waren abseits eingesperrt,
hinter Zäunen und weiteren Zäunen und noch mehr Zäunen.
Gleich daneben ein Gehege mit kleinen Bären
(die Kinder liebten die kleinen Bären)
und wenn die Kinder vor Hunger weinten,
gossen die Wärter viel Milch vor die Bären,
damit die Kinder sie sähen,
die reizenden Bärchen,
und die Kinder weinten und schrieen.
Scheinwerferkegel wandern durch den Nebel und suchen
die Flüchtenden,
und das tiefe Bellen der Polizeihunde, jenseits des Stacheldrahts,
dann der Widerhall.
Man wußte, wann in den Öfen Leichen verbrannt wurden,
man sah es am Rauch, der aufstieg, ob er weiß war oder schwarz.
Und man erkannte es am delikaten Duft von
gebratenem Fleisch.
Die Stimme des Priesters, mahnend die hinter Gittern
in den Todeszellen.
Wir sahen die Vorrichtung »zur Messung der Größe von Gefangenen«
und dahinter das Fensterchen, das sich öffnete für eine Hand
mit Pistole
und einen Schuß in den Nacken.
Davor untersuchte ein »Arzt« das Gebiß
nach Gold.

Erst später merkten sie, daß mit den Leichen Geld zu verdienen war:
Haare, Goldzähne, Fett, Haut für die Kunst.
Kapitalistische Wirtschaft bis zum Delirium.
»Inhalt der Sendung:
2 kg Haare in Büscheln und Strähnen«
An den Bahnsteigen liefen immer neue Todeszüge ein.
Und in Weimar wußte niemand von nichts.
Man sah nur das verbotene Gelände und eine Prozession von Zügen.
Aber man hatte so seinen Verdacht,
wenn wieder ein Militärlastwagen verunglückte, mitten in der Stadt,
und Berge von Toten auf die Straße fielen.
Dies also sind die Wälder, in denen Goethe wandelte.
Ganz in der Nähe die Eiche, unter der Goethe zu lesen pflegte.
Sorgfältig gehegt von den Nazis.

Anmerkungen

Drake an den Küsten Nicaraguas

Juan Aquines	*John Hopkins*

Ein Reisender des XIX. Jahrhunderts …

Sarapiquí	*Nebenfluß des Rio San Juan*

Ich mache Properzius nach

Sextus Propertius	*römischer Dichter, lebte zwischen 50 und 15 v. Chr. Hauptthema seiner Dichtung ist seine glühende Liebe zu Cynthia.*

Die Guardia Nacional sucht jemanden

Guardia Nacional	*Nationalgarde, aus Armee und Polizei bestehend. Die Somozas waren in der Geschichte der GN ihre einzigen Oberbefehlshaber.*

Tropische Nächte

Ubico	*Diktator Guatemalas*
Carías	*Diktator Honduras*

Die Bauern von Honduras

Samuel Zemurray	*Gründer der United Fruit Company*
Yunai	*volkstümliche Kurzform für United Fruit Company*
türkische Bananeneinzelhändler	*in Lateinamerika werden jüdische und arabische Kaufleute »Türken« genannt; Zemurray war aus Bessarabien.*
Chonduras	und
Bräsidenten	*Zemurrays Aussprache des Spanischen war nicht besonders gut …*
Nica	*Spitzname für Leute aus Nicaragua*
Moncada	*Präsident Nicaraguas, der sich gegen Nordamerika auflehnte*
Cerro del Común	*Gebirge in Nicaragua*

Mr. Stimpson	*Leiter der amerikanischen Intervention*
Wenn Adelita …	*Mexikanisches Volkslied, das auch die Soldaten Pancho Villas sangen*
Umanzor	*Guerillageneral in Sandinos Armee*
sonofabitch	*vulgär amerikanisch: Hurensohn*
galán	*»hübscher Mann« und »Liebhaber«, auch der Name eines berüchtigten Offiziers der Guardia Nacional*
Estrada	*Guerillageneral in Sandinos Armee*
Socrates Sandino	*Bruder Augusto César Sandinos*

Psalmen	*Die Zählung der Psalmen folgt der katholischen Tradition, in Klammern nachgestellt sind die entsprechenden Ziffern evangelischer Bibelausgaben.*

Die Nacht

Insurgentes	*Straße in Mexico-City, auf der gewöhnlich Beatniks anzutreffen sind.*
Schwester Josefa del Castillo y Guevara	*Nonne aus Kolumbien (1671 bis 1742), mystische Dichterin, von der jüngeren Generation, auch die »himmlisch-verrückte« Nonne genannt.*
Nadaistin	*Nadaismus: literarische Bewegung in Kolumbien. Nada bedeutet »Nichts«.*
Fernando Gonzalez	*Prosadichter aus Kolumbien. Die Nadaisten sehen ihn als ihren Wegbahner.*
Gonzalo Arango	*Dichter des Nadaismus, Gonzalo Arango ist das Haupt dieser Bewegung.*

Verzeichnis der Übersetzungen

Elisabeth Wirth de Argüello:
Drake an den Küsten Nicaraguas; Auf dem nassen Weg; Ein Reisender des XIX. Jahrhunderts; Triumphmarsch; Die Stadt Rama; Die Freibeuter; Epigramme: Unsere Liebe erblühte im Mai, Herrin meines Sinnens, Wenn du in New York bist, Gestern sah ich dich, Erinnere dich, Es gibt eine Stelle an der Lagune, Wie zur Nacht die Eulen pfeifen, Als die goldenen Cortesbäume, Schwere Tropfen klatschen, Du hast mich in Träumen besucht, Niemand ist mir so nahe, Der Regen klingt wie Musik; An Ostern erstehen die Zikaden; Wie die Eulen; Bei Mondlicht glänzen die Zinkdächer; Das Tal von Cuernavaca; Nirindí

Anneliese Schwarzer:
Filmstar, tot aufgefunden; Epigramme: alle außer den bei Elisabeth Wirth de Argüello genannten; Gebet für Marilyn Monroe; Die Bäuerinnen von Cuá; Tagesanbruch; Verdichtung und Vision von San José de Costa Rica; Auf dem See; Eine neue Ökologie

Stefan Baciu:
Greytown; Erinnerung; Die Stunde Null I–IV; Es wurde Frühling; Wie die Schwärme der Enten; Da ist ein Lärmen; Der Frühling kam mit seinem Duft; All jene Tage; Die Autos kommen und Gehen; Wenn die ersten Reklamen aufleuchten; Mich weckt in der Zelle; In der Nacht leuchten die Wörter; 2 Uhr morgens; Wie leere Bierdosen; Psalmen *); »Die preiswertesten Paradiese«; Foto *); Apokalypse; Die Nacht *); Strophen beim Tode Mertons *) (* *Bearbeitung Kurt Marti*)

Lutz Kliche:
Ein Ort namens Harmonie; Beschissene Reise

Sabine Richter:
In Managua um Mitternacht; Fragen am See

Heinz G. Schmidt:
Besuch in Weimar

Ernesto Cardenal · Lebensdaten

Cardenal wurde am 20. Januar 1925 in Granada/Nicaragua geboren. Sein Literaturstudium begann er in Managua und setzte es 1942–1946 in Mexiko fort. Schon seine ersten literarischen Arbeiten waren geprägt von der Geschichte und politischen Gegenwart Zentralamerikas. Von 1947–1949 studierte er an der Colombia-University New York, anschließend reiste er zwei Jahre durch Europa. 1954 beteiligte er sich an der »April-Revolution« gegen Somoza, die vorzeitig verraten wurde und mit dem Tod vieler seiner Freunde endete. Am 8. Mai 1957 begann Cardenal sein Noviziat im Trappistenkloster Gethsemany/Kentucky (USA) unter dem Abt Thomas Merton; 1961–1965 studierte er Theologie in Guernavaca (Mexiko) und La Ceja/Medellin (Kolumbien). Hier entstanden die »Psalmen«, die zu den wichtigsten Werken der lateinamerikanischen Poesie dieses Jahrhunderts zählen. Nach seiner Priesterweihe in Managua kam Cardenal zusammen mit William Agudelo und Carlos Alberto am 13. 2. 1966 nach Solentiname, um eine christliche Kommune zu gründen. In dieser weltberühmt gewordenen Gemeinschaft aus 38 Inseln im Großen See von Nicaragua entstand sein »Evangelium der Bauern von Solentiname«. 1970–1971 unternahm Cardenal Reisen nach Cuba, Peru und Chile, 1973 Reisen in die BRD und die USA. Mit dem Beginn der Revolution im Oktober 1977 ging Cardenal ins Exil und wurde Sprecher der FSLN, der Sandinistischen Befreiungsfront Nicaraguas. 1979, nach dem Sieg über Somoza, wurde er Kulturminister des Landes, 1980 bekam er den Friedenspreis des Deutschen Buchhandels. 1989 veröffentlichte er sein Opus magnum »Cántico Cósmico« (Gesänge des Universums). Am 24. 10. 1994 gab er seinen Austritt aus der FSLN bekannt. Mit Sergio Ramirez und Gioconda Belli gehört er zu den Gründern einer neuen Partei, die mehr innerparteiliche Demokratie einfordert. Er lebt heute als Schriftsteller in Managua.

Seine wichtigsten lieferbaren Werke: *Das Buch von der Liebe* (mit Fotos), *Das Evangelium der Bauern von Solentiname, Wir sind Sternenstaub* (1993), *Teleskop in dunkler Nacht* (1994, zweisprachig), *Gesänge des Universums/Cántico Cósmico* (1995), *Verlorenes Leben* (Erinnerungen Bd 1, 1998).

Inhalt

Drake an den Küsten Nicaraguas 7
Filmstar, tot aufgefunden in der Park Avenue 9
Auf dem nassen Weg 11
Ein Reisender des XIX. Jahrhunderts auf dem Rio San Juan 12
Greytown 14
Erinnerung 16
Triumphmarsch 17
Die Stadt Rama 18
Die Freibeuter 19

Epigramme:
Dir, Claudia, gebe ich … 20
Gib acht, Claudia 21
Nichts wird bleiben … 21
Andere mögen viel Geld verdienen … 22
Als ich dich verlor 22
Ihr Mädchen, die ihr eines Tages 22
Sie sagten mir 23
Man hat sie verkauft 23
Die du so stolz bist auf meine Verse 23
Ich habe Flugblätter verteilt 24
Ich mache Properzius nach 24
Zwanzig Jahre hast du gearbeitet 25
Du verdienst nicht einmal ein Epigramm 25
Unsere Liebe erblühte im Mai 25
Herrin meines Sinnens 26
Man hörte Schüsse in der Nacht 26
Wenn du in New York bist 26
Abends aber 27
Gestern sah ich dich 27
Erinnere dich 28
Es gibt eine Stelle an der Lagune 28
Mein süßes Kätzchen 29
In Costa Rica singen die Fuhrleute 29

Jeden Tag kam sie 30
Die Guardia Nacional sucht jemanden 30
Unsere Gedichte 31
Mag sein 31
Lied 32
Glaubst du 32
Wie zur Nacht die Eulen pfeifen 33
Als die goldenen Cortesbäume 34
Schwere Tropfen klatschen 34
Du hast mich in Träumen besucht 34
Niemand ist mir so nahe 35
Der Regen klingt wie Musik 35

Die Stunde Null:
I. Tropische Nächte 36
II. Die Bauern von Honduras 37
III. Es gab einen Nicaraguaner 41
IV. Im April 50

An Ostern erstehen die Zikaden 56
Es wurde Frühling 57
Wie die Schwärme der Enten 58
Da ist ein Lärmen 59
Der Frühling kam mit seinem Duft 60
All jene Tage 61
Wie die Eulen 62
Die Autos kommen und gehen 63
Wenn die ersten Reklamen aufleuchten 64
Mich weckt in der Zelle 65
Bei Mondlicht glänzen die Zinkdächer 66
In der Nacht leuchten die Wörter 67
2 Uhr morgens 68
Wie leere Bierdosen 70

Psalmen
Psalm 5 71
Psalm 9 73
Psalm 15 76
Psalm 18 78
Psalm 21 80
Psalm 36 82
Psalm 103 84
Psalm 136 89
Psalm 148 91

Gebet für Marylin Monroe 93
»Die preiswertesten Paradiese in der Karibischen See« 96
Foto 98
Apokalypse 99
Ein Ort namens Harmonie 105
Das Tal von Cuernavaca, vom Kloster aus gesehen 106
Nindirí 108
Die Nacht 110
Strophen beim Tode Mertons 114
Die Bäuerinnen von Cuá 130
Tagesanbruch 133
Verdichtung und Vision von San José de Costa Rica 135
Auf dem See 141
Eine neue Ökologie 144
In Managua um Mitternacht 146
Fragen am See 147
Beschissene Reise 149
Besuch in Weimar (DDR) 153

Anmerkungen 159
Verzeichnis der Übersetzungen 161
Ernesto Cardenal · Lebensdaten 162